A MULHER QUE CHORA

SU TONG

# A mulher que chora

*Tradução*
Fernanda Abreu

Copyright © 2006 by Su Tong
Publicado em acordo com Canongate Books Ltda., Edimburgo

*Grafia atualizada segundo o Acordo Ortográfico da Língua
Portuguesa de 1990, que entrou em vigor no Brasil em 2009.*

*Título original*
Binu and The Great Wall

*Capa*
Retina_78

*Imagem de capa*
© Lan Yin/ Getty Images

*Preparação*
Maria Cecília Caropreso

*Revisão*
Isabel Jorge Cury
Ana Luiza Couto

Dados Internacionais de Catalogação na Publicação (CIP)
(Câmara Brasileira do Livro, SP, Brasil)

Su Tong
 A mulher que chora / Su Tong ; tradução Fernanda
Abreu. — São Paulo : Companhia das Letras, 2010.

 Título original: Binu and The Great Wall.
 ISBN 978-85-359-1596-9

 1. Romance chinês I. Título.

10-00202 CDD-895.152

 Índice para catálogo sistemático:
 1. Romances : Literatura chinesa 895.152

[2010]
Todos os direitos desta edição reservados à
EDITORA SCHWARCZ LTDA.
Rua Bandeira Paulista 702 cj. 32
04532-002 — São Paulo — SP
Telefone (11) 3707-3500
Fax (11) 3707-3501
www.companhiadasletras.com.br

# Sumário

Prefácio, 7

Pranto, 11

Sapo, 27

Aldeia do Pêssego, 37

Ravina da Grama Azul, 46

O mercado de gente, 60

Terraço das Cem Nascentes, 76

Meninos-cervo, 89

A ponte levadiça, 96

O túmulo do Rei Cervo, 102

Abrir a cova, 109

A curva do rio, 121

Estação da Floresta Perfumada, 138

Caverna de Sete *Li*, 148

Cidade dos Cinco Grãos, 161

Poção de lágrimas, 175

Assassino, 182

Portão da cidade, 191

Rei, 198

Binu, 206

O Norte, 216

Loja de Treze *Li*, 225

Montanha da Grande Andorinha, 230

A Grande Muralha, 240

# Prefácio

Na China, a história de Binu chorando junto à Grande Muralha vem sendo transmitida de geração a geração há dois milênios; é uma história já contada vezes sem fim por pessoas comuns. A minha versão é apenas a mais recente, porém tem a sorte adicional de ter conseguido ultrapassar as fronteiras chinesas.

Em certo sentido, os mitos são realidades que ganham os céus; quando realidades difíceis ganham os céus, elas podem continuar difíceis, mas proporcionam a quem as vive a oportunidade de, por um breve instante, escapar: uma escapulida bem-vinda e necessária.

A mais bela e a mais descompromissada imaginação invariavelmente vem das pessoas comuns. Em grande parte, escrevi este livro para reimaginar as vidas emocionais dessas pessoas, que do meu ponto de vista, quando destiladas, formam uma espécie de filosofia popular. De fato, o processo de escrita tornou-se uma investigação desse reino imaginário específico.

Os mais surpreendentes produtos da imaginação de toda a humanidade têm por estrutura as paisagens emocionais das pessoas; princípios fundamentais de liberdade, igualdade e justiça coexistem em nossas vidas reais e imaginárias. Os mitos nos inspiram uma forma especial de pensar; aquilo que existe no cotidiano, mas que também é capaz de se transformar em paradigmas que ultrapassam a vida, nos proporciona um motivo extraordinário para viver. Quando mitos se criam, o mundo nos apresenta um contorno sucinto porém reconfortante: vida e morte, chegadas e partidas passam a seguir raciocínios naturais, embora emblemáticos; problemas cruéis e difíceis da vida real podem ser solucionados.

Na história mítica de Binu (ou Meng Jiangnü, como ela é mais formalmente conhecida), as lágrimas de uma mulher fazem desmoronar a Grande Muralha; é uma história otimista, não uma história triste. Mais do que descrevê-las como lágrimas de uma mulher que põem fim à longa busca por seu marido, poderíamos dizer que essas lágrimas lhe permitem solucionar um dos grandes problemas da vida.

Como relatar uma história que todos já conhecem é um problema enfrentado por qualquer escritor. Existe uma Binu no coração de cada um; a compreensão que tenho dela inclui uma exploração de gênero, o reconhecimento de um coração puro, a rememoração de um sentimento há muito ausente; a compreensão que tenho de seu destino é uma consciência do sofrimento e da existência. A história de Binu não é apenas a lenda de uma mulher situada no nível mais baixo da sociedade, e sim uma lenda sobre status e classe social.

Já vi a Grande Muralha da China e visitei o templo de Meng Jiangnü. Mas jamais vi Binu. Quem a viu? Ela navega solta pela história e assume muitas formas. Tentei dar-lhe uma corda, uma que pudesse ser lançada através de dois mil anos, permitindo que Binu me puxasse consigo; assim como ela, quero alcançar a Grande Muralha.

# Pranto

Quem vive no sopé da montanha do Norte não pode chorar, nem mesmo hoje em dia. Adultos grisalhos aproveitam a oportunidade para ensinar as gerações futuras; apontando para a montanha do Norte, eles relembram a tragédia ocorrida muito tempo atrás.

"Menino", dizem, "os antepassados de outras pessoas vivem debaixo da terra, mas os espíritos dos nossos antepassados vagueiam pelas encostas da montanha do Norte. Por que acha que aquelas borboletas brancas vivem sobrevoando a montanha? E os besouros que correm para lá e para cá pelas trilhas que a atravessam? Esses animais são os espíritos dos nossos antepassados que sofreram; é esse o motivo. Estão tentando encontrar seus túmulos na montanha do Norte. Os antepassados das outras pessoas morreram de fome e doença, ou de idade avançada, ou na guerra. Mas os nossos antepassados morreram de injustiça. Adivinhe, menino, quero que você adivinhe. Por que eles morreram? Ah, pode tentar o quanto quiser, nunca vai encontrar a resposta certa. A causa da morte deles foram seus olhos; eles se afogaram nas próprias lágrimas."

A vegetação selvagem da montanha era ideal para comer, e sua água de nascente, perfeita para beber — com exceção daquela da piscina que se formava quando a água descia pela encosta da montanha e enchia o túmulo vazio do chefe Xintao —, isso segundo as feiticeiras da aldeia dos Gravetos, que eram a fonte de todo o conhecimento local. Ninguém conseguia mais se lembrar da aparência do chefe Xintao quando ele vivia como eremita na montanha do Norte, mas ninguém se atrevia a beber daquela água, pois seria o mesmo que beber de uma piscina de lágrimas, as lágrimas acumuladas de trezentos velhos espíritos cobertas por uma camada de água doce de chuva.

O funeral do chefe Xintao deixara o rei alarmado; ele proibiu as pessoas de chorar e mandou exércitos de oficiais da corte e soldados da região se posicionarem no meio da encosta da montanha para examinar os passantes enlutados que desciam. Alguns transpunham a barricada sem incidentes, mas outros eram interpelados, sua face e olhos submetidos a um exame detalhado; trezentos aldeões cujas lágrimas ainda não haviam secado foram detidos a meio caminho da encosta da montanha. As lágrimas que haviam derramado no funeral do chefe Xintao estavam prestes a lhes custar a vida.

Altos oficiais e membros da realeza conheciam a nova lei, mas não os aldeões que viviam no sopé da montanha do Norte. A região de Nuvem Azul e as cidades do Norte ficavam bem longe, do outro lado da montanha; era raro que notícias do mundo do lado de fora chegassem até lá. Ao longo de todo o ano, as pessoas conversavam apenas sobre arar os campos e semear colheitas. Muito depois do fato ocorrido, as pessoas ficaram sabendo que o chefe Xintao fora exilado na montanha do Norte pelo rei, com a ordem real tatuada em dourado nas costas condenando-o à morte em um clima gelado. Mas o chefe Xintao viveu até o Qingming, dia reservado para varrer os túmulos, quando amarrou um pedaço de seda em uma viga de sua choupana e se enforcou. Os moradores do sopé da montanha, pessoas simples que se agarravam com teimosia às próprias crenças, sabiam apenas que o chefe Xintao era tio do rei; seu sangue real por si só tornava-o merecedor da reverência deles, e somado a este havia o respeito por qualquer um que levasse uma vida de recluso. No dia de seu funeral, pessoas desceram correndo a montanha, transtornadas de tristeza pelo falecido e sem saber que suas lágrimas iriam selar seu fim.

Até hoje, os aldeões do sopé da montanha do Norte não se atrevem a derramar uma lágrima por causa da dor da morte.

Os descendentes dos espíritos que choram estavam espalhados pela região da aldeia do Pêssego, da aldeia dos Gravetos e da aldeia do Moinho, onde até mesmo as criancinhas entendiam a herança que era sua. Nas aldeias do Pêssego e do Moinho, o direito de chorar era sobretudo determinado pela idade. Depois que uma criança aprendia a andar, não tinha mais permissão para chorar. Os habitantes da aldeia dos Gravetos, do outro lado do rio, impunham uma proibição total ao pranto, sem exceção até mesmo para os recém-nascidos; a honra ou a desgraça desses residentes da "margem oposta" estavam diretamente relacionadas aos canais lacrimais de seus filhos e filhas. As mulheres da aldeia, em uma tentativa arrebatada de manter a cabeça erguida na presença de outras pessoas, buscavam ajuda das feiticeiras, e a maioria das mais astutas dominava a magia para evitar o pranto: elas davam aos filhos uma bebida feita com leite materno e suco de lício e amora; assim que os bebês se saciavam com esse suco vermelho, caíam em um sono longo e tranquilo. Algumas crianças recalcitrantes, que ninguém parecia capaz de fazer parar de chorar, causavam uma preocupação sem fim às mães da aldeia dos Gravetos. Estas tinham um modo secreto de evitar constrangimentos, tão misterioso que era objeto de toda sorte de especulação fantástica. Os moradores das aldeias vizinhas olhavam para o outro lado do rio e perguntavam-se de onde vinham a paz e a tranquilidade da aldeia dos Gravetos, além da diminuição visível de sua população. A principal causa de ambas, concluíam, era a ausência de bebês chorando. Aquelas crianças que choravam — como elas podiam simplesmente desaparecer?

O estado de pobreza da montanha do Norte seguia seu curso, assim como as corredeiras do rio do Moinho ali perto. Ninguém sabia para onde corriam aquelas águas, mas cada gota tinha sua nascente, então as pessoas procuravam sob o céu e acima do chão, em busca da origem de seus próprios filhos e filhas. Os céus anunciavam a chegada dos meninos; logo depois do nascimento de seus filhos varões, os pais orgulhosos erguiam os olhos para cima, onde viam o sol, a lua, as estrelas, pássaros voando bem alto e nuvens a boiar; o que quer que vissem, assim seriam seus filhos, e é por isso que alguns meninos no sopé da montanha do Norte eram o sol e as estrelas, outros eram águias, outros a chuva, e os menos importantes de todos eram uma única nuvem. Quando as meninas vinham a este mundo, porém, a tristeza se abatia sobre casebres e choupanas, e, para escapar de uma maldição do sangue, os pais precisavam se afastar trinta e três passos das portas da frente de suas casas.

Rumavam para leste a passo célere, de cabeça baixa, e o que o solo revelava no trigésimo terceiro passo era aquilo em que suas filhas iriam se transformar. Naturalmente, evitavam as pocilgas e os galinheiros, e pais de pernas compridas conseguiam chegar às matas mais afastadas da aldeia; ainda assim, as origens das filhas eram humildes e reles. A maioria pertencia às gramas silvestres, aos melões, às frutas e coisas assim: um cogumelo, um líquen, uma erva seca, um crisântemo selvagem, ou quem sabe um molusco, uma poça ou uma pena de ganso — e essas eram as meninas que gozavam de um destino relativamente decente. O futuro das outras, das que se transformariam em estrume de vaca, minhocas ou besouros, causava uma angústia indescritível nos pais.

Meninos vindos do céu eram por definição expansivos e de temperamento forte, e para eles era mais fácil respeitar a proibição de chorar. Um bom menino sabia conter as próprias lágrimas, traço de caráter que respeitava os princípios do céu e da terra, e mesmo com os meninos que choravam o problema era facilmente resolvido: desde a idade mais tenra, ensinavam-lhes que aquelas lágrimas indesejadas podiam sair de seus corpos pelo pênis; então, sempre que um pai ou mãe via nos olhos dos filhos algum sinal de que as lágrimas eram iminentes, empurrava-os apressadamente pela porta, dizendo: "Vá fazer xixi, rápido, vá fazer xixi!". Quem violava com mais facilidade a proibição de chorar eram as meninas, mas essa fora uma decisão do destino. A grama que brota do chão é magoada pelo vento; um cálamo-aromático que flutua à beira d'água fica encharcado quando chove; é por isso que histórias sobre pranto são sempre histórias de meninas.

No sopé da montanha do Norte, as pessoas criavam os

filhos varões de forma diferente, mas com resultados semelhantes; no que dizia respeito a criar meninas, porém, cada aldeia tinha seu próprio *Manual para filhas*. O manual seguido na aldeia do Moinho era bem grosseiro e rude, e um tanto passivo: com ênfase na força física, as meninas cresciam brincando com os meninos, para quem o choro e o xixi estavam intrinsecamente relacionados; as moças não tinham a menor vergonha de levantar a saia e agachar-se ao chão quando sentiam vontade de chorar, e assim que viam uma poça se formar no chão sua tristeza ia embora. Forasteiros maliciosos gostavam de comentar sobre as meninas da aldeia do Moinho que, mesmo já em idade de casar, ainda se agachavam na frente de todos! Podiam estar usando as roupas mais bonitas que tinham, mas a barra de suas saias sempre cheirava mal!

O *Manual para filhas* da aldeia dos Gravetos era cheio de feitiçaria, mistérios e obscuridade. Nas aldeias onde havia uma feiticeira, a fumaça das chaminés subia reta em direção ao céu, noite e dia. As meninas que moravam nessas aldeias nunca choravam nem nunca riam; desciam até o rio para colher peixes mortos e ossos de animais mortos, e cada movimento seu era igual aos de suas mães antes delas, da infância à velhice. Algumas meninas da aldeia dos Gravetos tinham um aspecto murcho, cansado; depois de longos períodos usando ossos bovinos e cascos de tartarugas para prever o futuro dos outros, negligenciavam o próprio, e ao prantear a morte de algum filho ou marido, geralmente passavam uma mistura de excrementos de corvo e cinzas em volta dos olhos, de modo que, por maior que fosse o seu pesar, conseguissem escondê-lo. Fórmulas precisas e mágicas misteriosas minavam sua energia e tornavam seu rosto macilento e amarelado. Quando alguém na beira do rio via uma menina da aldeia dos Gravetos, sentia uma depressão indescritível. Por que, pensavam, por que essas meninas perderam a juventude? Meninas adolescentes e mulheres mais velhas de cabelos desgrenhados e rosto sujo tinham o mesmo aspecto de fantasmas sem rumo.

Na região, somente o *Manual para filhas* da aldeia do Pêssego era capaz de criar meninas que tinham o mesmo brilho de flores frescas. Alguns diziam que o manual era incompreensível, outros duvidavam de suas qualidades lendárias absurdas, e havia os que questionavam sua existência. As pessoas passaram anos especulando, e o mistério do manual aumentou. Uma parte significativa do *Manual para filhas* da aldeia do Pêssego era dedicada ao tema da abolição completa das lágrimas. As mães da aldeia haviam passado muitos anos lutando contra as lágrimas, um processo longo e doloroso de utilização de fórmulas estranhas e secretas para tornar as lágrimas obsoletas. Examinavam aspectos biológicos, considerando diversos órgãos humanos além dos olhos como possíveis dutos, e abriam novos caminhos para a liberação das lágrimas. Graças à quantidade de fórmulas secretas das mães, todas as meninas tinham um amplo leque de métodos de liberação de lágrimas, todos eles estranhos.

Meninas com orelhas grandes aprendiam a verter lágrimas por elas; o canal secreto dos olhos às orelhas era aberto para o pranto poder passar. Uma orelha grande é um reservatório ideal para lágrimas; até mesmo as orelhas rasas de algumas meninas vertiam lágrimas suficientes para molhar o pescoço, deixando o rosto seco. Meninas de lábios carnudos aprendiam a verter lágrimas por ali. Seus lábios passavam a maior parte do tempo úmidos, rosados como os beirais de uma casa depois da chuva; o excesso simplesmente pingava até o chão sem deixar nenhum rastro nas faces. Com uma mistura de inveja e sarcasmo, as pessoas comentavam: "Que sorte você tem de chorar desse jeito, assim pode beber direto dos lábios, um verdadeiro poço!". As mais misteriosas de todas eram as meninas com seios grandes, que na verdade vertiam lágrimas por eles. A distância entre os olhos e os seios é tão grande que os habitantes de fora da aldeia consideravam esse método praticamente inacreditável. "As lágrimas das meninas da aldeia do Pêssego de fato viajam dos olhos até os seios!", diziam seus moradores. Mas, acreditem ou não, as virtudes dos seios como dutos eram louvadas de modo aberto não pelas mulheres da aldeia do Pêssego, e sim por seus maridos. Eram provavelmente eles que comprovavam a capacidade das meninas da aldeia de verter lágrimas por ali, uma vez que essas lágrimas permaneciam escondidas nas dobras internas das roupas; iminentes, talvez, mas escondidas.

Tudo isso nos leva a Jiang Binu, cujo nome, Binu, significava donzela de jade. Era uma moça vistosa, abençoada com traços bonitos, cujas lágrimas deviam estar armazenadas atrás de um par de grandes olhos escuros. Com a sorte de ter longos cabelos, que a mãe penteava em coques graciosos atrás das orelhas, ela estava aprendendo a esconder as lágrimas ali. Infelizmente, a mãe de Binu morreu quando ela ainda era pequena, e a fórmula secreta de sua mãe morreu junto com ela. Binu passou a juventude inteira chorando abertamente, molhando sempre os cabelos e tornando impossível manter os coques no lugar. Qualquer um que passasse por ela tinha a sensação de que uma nuvem de chuva havia acabado de passar, deixando o ar coalhado de gotinhas d'água que molhavam o rosto. Sabendo que eram as lágrimas de Binu, enxugavam o líquido com nojo e perguntavam-se em voz alta: "Como Binu consegue ter tantas lágrimas?".

Seria injusto dizer que Binu derramava mais lágrimas do que as outras meninas da aldeia do Pêssego, mas a sua maneira de chorar era decerto a mais desajeitada, e o fato de ela parecer incapaz de inventar sozinha uma forma inteligente de verter lágrimas era prova da mais pura inocência. Assim, enquanto as outras meninas cresciam e se casavam com comerciantes ou proprietários de terra, ou as que estavam mais embaixo na escala social desposavam carpinteiros e ferreiros, a escolha matrimonial de Binu limitou-se ao órfão Wan Qiliang. O que ela ganhou com esse casamento? Um homem e nove amoreiras, nada mais.

Qiliang era um rapaz bonito, bondoso e honesto, mas ainda assim era órfão, e desde a infância havia sido criado por uma viúva, Sanduo, que o encontrara debaixo de uma amoreira. Os meninos da aldeia pensavam que eles tivessem caído do céu, que eram o sol e uma estrela, ou que eram pássaros ou um arco-íris.

"Qiliang", perguntavam, "o que você é?" Como ele não sabia, foi para casa perguntar para Sanduo.

"Você não caiu do céu", disse Sanduo. "Foi trazido para casa de debaixo de uma amoreira, então talvez você seja uma amoreira."

Depois disso, todos os meninos passaram a rir de Qiliang, chamando-o de amoreira. Sabendo que era exatamente isso, Qiliang cuidava das nove amoreiras de Sanduo todos os dias, e acabou se transformando na décima árvore. As árvores não falavam, então Qiliang também não falava.

Os outros diziam: "Qiliang, você é um mudo que não quer aprender nenhum ofício e que só sabe cuidar dessas nove amoreiras. Assim não vai conseguir ganhar a vida, então um dia desses vai ter de cortar essas árvores para dar de presente de noivado, não é? Quem iria se casar com você? Binu é a única moça de toda a aldeia do Pêssego que poderia pensar em fazê-lo, porque ela é uma cabaça d'água, e as cabaças são penduradas nas amoreiras!".

Então Binu casou-se com Qiliang; parecia ser esse o destino da cabaça e também o da amoreira.

Mas todo mundo sabe que, de todos os homens da aldeia do Pêssego que morreram longe de casa, apenas Qiliang morreu em um lugar conhecido por todos os habitantes das sete regiões e dos dezoito condados, e que, de todas as mulheres da aldeia do Pêssego dadas ao choro, somente o pranto de Binu viajou muito além das montanhas. Esse foi um dos acontecimentos mais importantes da região de Nuvem Azul, e o momento mais grandioso da história do pranto na aldeia do Pêssego.

No final da manhã do dia em que Qiliang desapareceu, Binu só conseguia chorar pelos cabelos. Ficou em pé na estrada, olhando para o Norte, com lágrimas escorrendo feito chuva dos coques atrás das orelhas, molhando a saia verde. Viu a mulher de Shang Ying, Qiniang, e a mulher de Shu, Jinyi, também em pé na estrada, olhando para o Norte, rangendo os dentes e cerrando os punhos; seus maridos também haviam desaparecido. Qiniang chorava pelas orelhas, das quais emergiu uma lágrima cintilante; Jinyi chorava pelos seios e, como havia tido um filho recentemente, a quem ainda amamentava, as lágrimas que vertia vinham misturadas com leite, encharcando-lhe as roupas de seda tão completamente que ela parecia ter saído de uma vala cheia d'água. Na tarde do desaparecimento de Qiliang, muitos homens da aldeia do Pêssego foram embora sem deixar rastro, abandonando mulheres, pais e filhos trêmulos debaixo das amoreiras.

Alguns disseram a Binu: "O meio carregamento de folhas de amora que Qiliang havia colhido ainda está no chão".

Então ela foi até onde ficavam as nove amoreiras, desanimada, e ali viu o cesto de folhas. Sentou-se e começou a contar, mas sua contagem sempre dava errado. Em cada ponto que sua mão tocava, gotas d'água reluzentes escorriam das folhas e caíam no chão, pois agora as palmas de suas mãos também vertiam lágrimas. Levou o cesto até o barracão de bichos-da-seda, derramando água pelo caminho banhado de sol. Quando tirou os sapatos, descobriu que os dedos dos pés também estavam vertendo lágrimas, que eles também haviam aprendido a chorar.

Agora que Qiliang tinha ido embora, o barracão de bichos-da-seda parecia mais vazio que de costume. Binu despejou as folhas no viveiro de lagartas, molhando-as ao fazê-lo. As lagartas que ainda não haviam "subido a montanha" ficaram rastejando debaixo da camada verde, recusando-se a comer folhas molhadas. Durante a noite, muitos bichos-da-seda já haviam subido pelos suportes de cânhamo feitos por Qiliang, mas pararam de fabricar seda, decepcionados com o último cesto de folhas de amoreira colhidas por seu dono, e ansiando pela promessa de vida dos cestos de primavera. Binu pendurou o cesto vazio em um caibro, do qual gotas d'água começaram a escorrer até o chão. Viu o casaco de Qiliang, também pendurado em um caibro e exibindo manchas de suor. Uma das sandálias do marido estava jogada perto da porta do barracão; ela procurou o outro pé em todos os lugares possíveis, mas não conseguiu encontrá-lo.

Binu saiu devagarinho do barracão de bichos-da-seda, ainda em busca da sandália de Qiliang; ficou procurando do crepúsculo até tarde da noite, mas não viu nem sinal do calçado. Recusando-se a ouvir os conselhos dos outros, insistiu que a sandália estava escondida nas dobras do crepúsculo. Na manhã seguinte, percorreu o chão debaixo das nove amoreiras; de repente, uma sandália perdida chegou voando do pomar de amoreiras da família Leng, do outro lado da estrada. A nora dos Leng olhou para Binu com pena e disse: "Você não consegue parar de procurar. É essa a sandália de Qiliang?".

Binu pegou a sandália e, depois de um olhar rápido, jogou-a de volta. "Essa sandália podre? Não sei de quem é, mas não é de Qiliang!"

A mulher da família Leng olhou para ela com raiva. "Você é uma moça que não sabe o que é bom para si", disse, zangada. "Por acaso sua alma foi embora só porque seu marido saiu de casa? Quando um homem vai embora, as mãos vão com ele, os pés e até mesmo aquele penduricalho entre as pernas. Então de que adianta um par de sandálias de palha?"

Com o rosto afogueado, Binu correu pelo meio das árvores até a estrada, mas mesmo ali manteve a cabeça baixa, ainda à procura da sandália perdida de Qiliang, que estava se escondendo da luz do sol, longe dos olhos. Desanimada, ela passou a percorrer todos os dias, de um lado para o outro, a estrada que saía do pomar de amoreiras, sempre à procura.

Os aldeões sabiam que ela procurava a sandália e,

quando viam a jovem, apontavam e diziam: "Qiliang levou a alma de Binu consigo para o Norte".

Galinhas e cachorros, sem saber o que estava acontecendo, saíam voando ou correndo quando Binu se aproximava, escondendo-se da mulher que fazia e refazia obstinadamente o mesmo caminho. Até a grama à beira da estrada reconhecia aqueles passos tristes: um verniz invisível de lágrimas cobria cada pedaço de estrada por ela percorrido, e todos os lírios e palmas luxuriantes que havia por ali inclinavam-se quando ela passava, proclamando sinceramente que ali, na sua área, não havia sandália nenhuma, sandália nenhuma!

Binu ficou procurando a sandália de palha desaparecida do verão até o outono, sem encontrá-la. Certo dia de outono, deparou-se com uma mulher lavando panos de tear à beira do rio. A mulher disse a Binu que logo o tempo frio iria chegar e que as roupas de inverno de seus filhos ainda não estavam prontas. Ah, como ela gostaria de ter outra mão — uma para lavar roupa, outra para fazer roupas novas e uma terceira para remendar roupas antigas. Então Binu desceu até o rio para ajudar. Linhas flutuavam delicadamente na água já fria, e, segurando nas mãos a linha branca ainda cálida, viu as costas nuas de Qiliang expostas ao vento de outono. "O tempo frio chega de mansinho", disse. "Falam que lá, do outro lado da montanha da Grande Andorinha, dão comida às pessoas. Mas será que lhes dão roupas também? Quando Qiliang foi embora, ele estava sem camisa."

Lavar aquele tecido ajudou a lavar do coração de Binu sua maior preocupação, e quando o outono chegou ela não foi mais vista na estrada. Os habitantes da aldeia do Pêssego ouviram dizer que ela parara de procurar a sandália perdida e então compreenderam que uma alma que lhes fora roubada havia retornado à vida da aldeia. Mulheres iam à choupana de Binu em parte para lhe dizer o que pensavam sobre ficar esperando dentro de uma casa vazia, mas também para tentar se meter em seus assuntos pessoais. Com olhos atentos, viam sinais de suas lágrimas ao redor do fogão e sobre a cama, e seus narizes distinguiam o cheiro amargo, azedo daquelas lágrimas, um cheiro que se espalhava pelo quarto.

Sem aviso, uma grande gota d'água caiu do telhado de sapê bem no rosto de uma das mulheres. Enquanto ela o enxugava, exclamou, alarmada: "Minha mãe me acuda, as lágrimas de Binu escorreram até do telhado!".

Outra mulher foi até o fogão e retirou a tampa da panela fria, revelando meia abóbora. Provou a comida. Franziu o cenho. "Este caldo de abóbora está cheio de lágrimas. Está amargo e azedo. Binu, você por acaso está cozinhando esta abóbora com suas lágrimas? Quem já ouviu falar em uma coisa assim?"

De pé em meio à nuvem de chuva das próprias lágrimas, Binu estava amarrando uma trouxa grande. Nela havia posto um casaco de inverno de corte bom, bordado com um desenho colorido, um cinto e um par de botas forradas de pelo de coelho. Deve ser uma trouxa para mandar para Qiliang, pensaram as mulheres. Bem, quem é que não iria querer preparar uma trouxa grande para um marido que saiu de casa com tanta pressa? Perguntaram a Binu quanto o belo casaco havia lhe custado, mas Binu só conseguiu lhes dizer que havia trocado as nove amoreiras, mais três cestos de seda de seus casulos, mais o seu tear.

Alarmadas, as mulheres gritaram: "Binu, como é que

você pôde trocar nove amoreiras, três cestos de seda e o seu tear? De que vai viver de agora em diante?".

Binu respondeu: "Sem Qiliang ao meu lado, pouco me importa viver ou morrer".

Então as mulheres perguntaram: "A quem você vai pedir que leve essa trouxa maravilhosa até o outro lado da montanha da Grande Andorinha?".

"Se ninguém levar", respondeu Binu, "levo eu."

As mulheres convenceram-se de que Binu perdera a razão, de que não fazia ideia de que a montanha da Grande Andorinha ficava a mil *li* de distância.

Binu disse: "Se eu tiver um cavalo, irei a cavalo. Se tiver um jumento, irei montada nele. Se não tiver nenhum dos dois, irei a pé. Um animal é capaz de percorrer essa distância. Nós não somos superiores aos animais? Quem disse que eu não posso andar mil *li*?".

Sem saber o que dizer, as mulheres saíram correndo da choupana de Binu levando as mãos ao peito e só pararam de correr quando já estavam bem longe. Viraram-se para olhar novamente para a silhueta trêmula da mulher dentro da choupana e muitas sentiram uma profunda tristeza. Ela podia ter parado de procurar a sandália de Qiliang, disseram, mas sua alma não tinha voltado. Uma mulher invejosa, querendo esconder os próprios sentimentos, disse cinicamente: "Mil *li* só para entregar um casaco de inverno? Ela por acaso acha que é a única mulher que ama o marido?".

Outra mulher não pôde afirmar com certeza se fora afetada pelo poder da emoção ou se ficara abalada com alguma coisa dita por Binu, mas assim que saiu da choupana sua cabeça começou a doer. Para dissipar o desconforto mental e físico, ela cuspiu várias vezes na direção da choupana de Binu. As outras seguiram seu exemplo, e o barulho atraiu um coro de latidos dos cães da aldeia, que passaram a noite inteirinha uivando para a choupana de Binu. Crianças levantaram da cama, mas tiveram de voltar, cabecinhas apertadas com força pelas mãos dos pais.

"Os cães não estão latindo para nós", disseram os adultos. "Estão latindo para Binu. A alma dela se foi no dia em que Qiliang partiu."

# Sapo

Binu foi visitar as feiticeiras da aldeia dos Gravetos, levando presentes, e falou-lhes sobre seu plano de viajar até o Norte para encontrar o marido. Estava ansiosa para saber como alcançar seu destino antes de o inverno chegar, de modo a poder entregar a ele algumas roupas de frio. As feiticeiras revelaram ter percorrido grandes distâncias até o Norte em peregrinações espirituais, e uma delas disse ter usado como bússola a pena de um corvo. A cada noite, ela viajara pelas três grandes cidades do Norte. Outra disse que atravessara a montanha do Norte pegando carona em uma caravana que transportava impostos para a capital, colando, sem que ninguém soubesse, um fio de cabelo seu no cofre de impostos, o que lhe permitira observar à luz do dia as pessoas que se banqueteavam no Salão da Longevidade.

Espertas, as feiticeiras evitaram dar uma resposta a Binu; em vez disso, examinaram sua língua e cortaram um cacho de seus cabelos, que seguraram acima de uma chama com o auxílio de uma pinça. Ela não soube o que as feiticeiras viram. Mas elas se ajoelharam sobre uma esteira de palha, jogaram pedacinhos de casco de tartaruga descorado dentro de um recipiente de barro, depois tornaram a tirá-los, o tempo todo entoando encantamentos. Binu não despregava os olhos do rosto emaciado das feiticeiras, de suas expressões que eram um misto de temor e alegria.

"Não vá", disseram. "Se for, não voltará, mas pegará uma doença no caminho e morrerá na planície."

"Morrerei na ida para lá ou na volta?", perguntou Binu.

As feiticeiras piscaram os olhos rapidamente enquanto examinavam o desenho formado pelos pedaços de casco de tartaruga sobre a esteira. "Você não tem medo da morte?", perguntaram. "O seu desejo é morrer na volta?"

Binu aquiesceu. "Se eu puder entregar a roupa de frio a Qiliang", disse, "morrerei feliz."

As feiticeiras da aldeia dos Gravetos nunca haviam encontrado uma mulher assim. Com uma expressão de censura nos olhos, perguntaram: "Por qual tipo de roupa de frio masculina vale a pena morrer?".

"Roupas de frio para o meu marido, Qiliang; por elas vale a pena morrer", respondeu Binu.

As feiticeiras não souberam o que dizer. Então, pela última vez, puseram os pedacinhos de casco de tartaruga dentro do recipiente de barro e depois o esvaziaram sobre a esteira. As peças caíram formando o desenho de um cavalo. "Já que você está disposta a sacrificar sua vida", disseram, "então vá. Não se esqueça de que deve conseguir um cavalo de Nuvem Azul, pois somente um cavalo de Nuvem Azul poderá trazer você de volta para casa."

Então Binu foi até Banqiao alugar um cavalo e descobriu que o mercado de animais domésticos de lá havia fechado. Uma enchente de outono fizera o rio transbordar e engolir as pontes temporárias erguidas pelos comerciantes de cavalos. Seus barracões de telhado de sapê à beira do rio estavam vazios, e o feno e o cheiro de esterco haviam sido levados pelo vento, deixando apenas os postes tortos à espera do retorno dos cavalos, embora houvesse indícios de que eles não iriam voltar.

Água e palha se misturavam e cobriam toda a margem do rio e, depois da inundação, a região de Nuvem Azul estava encharcada e deserta. Binu postou-se à beira d'água, lembrando-se de como ela e Qiliang haviam passado por Banqiao a caminho da cidade da Canela para vender sua seda. Nesse dia, havia muitos, muitos cavalos no mercado. Os comerciantes, seminus, costumavam conduzir os animais até o rio para beber água enquanto gritavam para as mulheres que cuidavam de arrozais distantes: "Irmã maior, irmã maior, venha comprar o meu cavalo". Era isso que Binu fora fazer, mas não encontrou nenhum negociante das regiões do oeste ou de Yunnan. Tudo que restava da presença deles era uma grande tina abandonada e rachada em frente a um dos barracões, cheia metade com água da chuva e metade com restos de palha queimada; um corvo empoleirava-se na borda.

Binu foi acompanhando a margem, suspendendo a barra da saia — flores cor-de-rosa sobre fundo azul —, até encontrar o velho porqueiro Sude, que olhou para ela atônito. "Está tentando alugar um cavalo? Infelizmente, acho que não vai conseguir. Sobraram tão poucos cavalos em Nuvem Azul que você poderia passar os próximos mil anos tentando sem conseguir encontrar nenhum."

Ela continuou andando, desesperada, pensando na profecia das feiticeiras; e estava atravessando uma moita de crisântemos selvagens quando um sapo pulou da água e, inexplicavelmente, começou a segui-la. Ela parou. "Por que está me seguindo?", perguntou. "Você não é um cavalo nem um jumento, então vá, volte para a água." O sapo tornou a pular para dentro do rio e aterrissou em uma jangada que oscilava suavemente sobre as águas. Alguém havia partido a jangada ao meio, e a parte que restava apodrecia, com um tufo de musgo verde brotando das tábuas de madeira onde vivia o sapo. Binu então se lembrou de que, durante o verão, uma cega conduzira aquela jangada rio abaixo, usando na cabeça um chapéu de bambu e vestindo as roupas pretas típicas das mulheres que moravam na montanha. Enquanto descia o rio, ia gritando um nome, mas ninguém ali entendia seu sotaque da montanha do Norte. Ela parecia uma garça preta que morasse na água, nunca na terra. Depois de algum tempo, as mulheres que desciam até o rio para colher flores de lótus entenderam que aquela mulher procurava seu filho. Mas ninguém nunca tinha visto o filho dela, e quase todos os homens da região de Nuvem Azul haviam sido levados ao Norte para realizar trabalhos forçados. Algumas pessoas queriam lhe dizer que, se quisesse encontrá-lo, de nada adiantava descer o rio à deriva, mas que deveria subir com a jangada rumo ao Norte. Outros queriam lhe avisar que a primeira enchente logo chegaria, tornando o rio traiçoeiro. Mas ela, teimosa, deixou a correnteza carregá-la rio abaixo, talvez sem conseguir entender a língua das pessoas na margem, ou talvez sem saber como descer da jangada; e continuou chamando pelo filho, primeiro em direção a uma das margens, depois à outra. Para a cega, não havia diferença entre o dia e a noite, então em alguns momentos, nas primeiras horas da manhã, os gritos agudos e dolentes ecoavam pelas margens enquanto sua jangada avançava, perturbando os corvos encarapitados no alto das árvores e interrompendo o sono das garças nos baixios. Esse estardalhaço que quebrava o silêncio da noite acordava as pessoas de seu sono antes da aurora, e o barulho vindo do rio lhes trazia uma sensação indescritível de insegurança na escuridão. Seu desconforto era justificado: as enchentes de outono chegaram cedo, e todos diziam que fora a cega quem as trouxera. Depois de as águas recuarem, viram a jangada ali na margem, agora partida ao meio. A jangada estava vazia, e a vara fora perdida como uma gota d'água dentro de um rio revolto.

Binu não imaginava que o que esperava por ela em Banqiao não fosse nem um cavalo nem um negociante de cavalos, mas um sapo. O animal talvez estivesse esperando ali havia algum tempo, na margem ou dentro d'água, escutando suas pegadas, e assim que ela deixou Banqiao saiu pulando atrás da aterrorizada Binu pela estrada que conduzia à aldeia. Seria o sapo na verdade uma reencarnação da cega? Todas as mulheres de Nuvem Azul haviam tido vidas pregressas, e algumas tinham vindo da água. A mãe muda de Wang Jie, antes um cálamo-aromático, escondeu-se no meio de um arbusto de cálamos logo antes de morrer, e quando Wang Jie correu até a margem do rio não conseguiu mais encontrá-la. Não sabia dizer qual dos cálamos era sua mãe metamorfoseada, então todo ano, em Qingming, no dia reservado para varrer os túmulos, ele descia até o rio e executava o ritual diante de todos os arbustos de cálamo. Se era possível alguém se transformar em um pé de cálamo, pensou Binu, então a cega não poderia ter se transformado em sapo? Virou-se para examinar o batráquio e ficou abalada com o que viu. Os olhos do anfíbio pareciam pérolas, claros, mas baços. Sim, o sapo era cego!

Erguendo a saia, Binu saiu correndo feito uma louca, gritando, amedrontada: "É ela, é ela, ela voltou em forma de sapo!". Não havia ninguém ali para escutá-la — nada a não ser grama e ervas daninhas —, então nenhuma alma escutou Binu revelar a verdadeira identidade do sapo. Enquanto corria, ela ouviu o ruído fraco do vento soprando do rio em sua direção, trazendo consigo os lamentos da montanhesa chamando o filho e uma estranha nitidez nos gritos indistintos: "Qiliang! Qiliang!". Sem acreditar no que ouvia, Binu diminuiu o ritmo dos passos frenéticos e então parou de correr. Permaneceu quieta debaixo de uma amoreira e pensou se deveria temer o fantasma de um sapo. Ela não estava com medo, então decidiu perguntar à cega o nome de seu filho. O sapo veio pulando cansado em sua direção; era de fato um sapo, um sapo cujos olhos cegos tinham a tristeza da montanhesa, mas de sua boca bem fechada não saiu nenhum som sobre a vida dos que já haviam partido.

"Qual é o nome do seu filho? É Qiliang? Estou perguntando o nome do seu filho."

Binu ficou esperando pacientemente debaixo da amoreira, até perceber que o sapo era incapaz de responder a essa pergunta simples. Os aldeões tinham dito que as pessoas que vivem o ano inteiro nas montanhas não têm um nome de verdade e são chamadas por números ou pelos nomes de animais ou plantas. Então o filho da cega não poderia se chamar Qiliang. Lembrar disso aliviou sua angústia, então Binu deu um longo suspiro e, com as mãos nos quadris, baixou os olhos para o sapo e disse: "Não me importo se você não disser nada. Sei no que está pensando. Você acha que eu sou uma jangada e quer ir comigo encontrar seu filho! Ora, você está bem informado. O povo da aldeia do Moinho não sabe que eu planejo ir até a montanha da Grande Andorinha, mas parece que você sabe. O meu marido Qiliang está lá construindo uma grande muralha. Fica a mil *li* daqui. Estou indo para lá, apesar de não poder alugar um cavalo. Sabe como você poderia chegar lá? Poderia tentar ir pulando, mas infelizmente acho que ficaria aleijado antes do fim do caminho".

Ela havia planejado alugar um cavalo ou, caso não houvesse cavalos ou suas economias não bastassem para alugar um, alugaria um jumento. Mas descobriu que tampouco havia jumentos, e agora parecia que havia apenas aquele sapo. De que lhe adiantava um sapo? Afinal de contas, não poderia ir para o Norte montada nele.

Ao voltar para casa de mãos vazias, tornou a encontrar Sude e seus porcos. Quando viu Binu, ele riu. "Eu não estava mentindo, estava? Todos os negociantes de cavalos foram levados embora no verão, e hoje ninguém poderia dizer se são homens ou fantasmas. Como você pode querer alugar um cavalo? Você trocou suas amoreiras e seus bichos-da-seda, não foi? Bem, se tiver dinheiro, por que não aluga um dos meus porcos? Eu lhe mostro como montar. Sim, alugue um dos meus porcos."

Binu ignorou a arenga do porqueiro e, com expressão preocupada, passou pelos porcos de Sude junto com o sapo, suspirando pela inutilidade da viagem até Banqiao. Sem Qiliang a seu lado, parecia que não lhe restava mais nada!

As nuvens enchiam o céu de outono da região de Nuvem Azul. Embora esgarçadas e fracas, viajavam rumo ao Norte, passando por cima de cordilheiras sinuosas e bosques de amoreiras abandonados. Binu não parava de sonhar com Qiliang descendo a encosta da montanha do Norte. Bem no alto do céu, Vega, a Donzela Fiandeira prateada, apontava para Qiliang o caminho de casa. Binu se queixava às pessoas de que o vira descendo a montanha do Norte pela manhã. "Então por que ele continua andando quando o sol cai por trás das montanhas ao entardecer? Por que nunca desce?", perguntava.

Alguém respondeu: "Você não deve pensar nessas coisas. Pode ter sido um pesadelo. Se Qiliang tivesse descido a montanha pela manhã, ao anoitecer a cabeça dele estaria rolando no chão". Disseram-lhe que, na região de Nuvem Azul, os homens que fugiram da labuta do Norte e voltaram para casa tinham sido capturados e mandados de volta. Seus captores então haviam cavado uma imensa vala do outro lado da montanha e enterrado vivos os trabalhadores fujões. Com todos aqueles cadáveres lá, continuavam as pessoas, era provável que as amoreiras da outra encosta fossem ficar altas e frondosas no ano seguinte.

Qiliang certa vez dissera a Binu: "Se você atravessar as montanhas e passar por sete regiões e dezoito condados, chegará à montanha da Grande Andorinha". Mas ele nunca lhe dissera quanto tempo isso iria levar. Seguindo a margem do rio a caminho de casa, ela ergueu os olhos para as montanhas distantes, que pareciam recuar cada vez mais à medida que ela as contemplava. Perguntou-se por que havia tantas montanhas em Nuvem Azul, e não podia imaginar como seria um lugar sem montanhas, que tipo de mundo seria. Muitos dos moradores de sua aldeia tinham viajado até as planícies e voltado cheios de histórias de dar inveja sobre os esplendores e as riquezas daqueles lugares cujos residentes, ao contrário do que se dizia, não tinham três cabeças e seis braços, mas eram abençoados com a sorte de possuir grandes extensões de terra. Binu nunca tinha visto uma planície, e o modo como as pessoas descreviam esscs lugares fazia sua cabeça rodar. Tornou a se lembrar da previsão das feiticeiras da aldeia dos Gravetos de que, se não alugasse um cavalo de Nuvem Azul, cairia doente e morreria na planície. Quem a levaria para casa? Morreria em um bosque de amoreiras ou em uma vala de irrigação? Ou em uma estrada pública movimentada? As pessoas que moravam na planície cultivavam amoreiras? Cultivavam cabaças? Se não houvesse cabaças, não haveria ninguém para levá-las para casa, e depois que ela morresse iria se transformar em um fantasma errante?

Binu voltou para casa nervosa. Na entrada da aldeia, mudou de direção e conduziu o sapo rumo às nove amoreiras. As árvores estavam submersas nas águas da enchente, mas todas as nove estavam ali, calmas e plácidas, parecendo ter sido plantadas no meio de um arrozal. "Está vendo como essas amoreiras são boas? Mesmo debaixo d'água, continuam tão boas quanto antes", disse ao sapo. "Essas nove árvores já alimentaram muitos bichos-da-seda preciosos, mas agora pertencem a outra pessoa." Ela chapinhou pela água até a árvore mais alta e ali ficou, apontando para as trepadeiras de cabaças que se enroscavam no tronco. "Está vendo?", disse ao sapo. "Somos Qiliang e eu: um é uma amoreira, o outro uma cabaça. Você tem sorte: o seu espírito pode ir aonde quiser com essas pernas de sapo. Qiliang e eu precisamos de um lugar para poder deitar raízes juntos. Não tenho certeza se no Norte crescem amoreiras, ou cabaças, e imagino se haverá um lugar onde possamos nos instalar."

Em pé debaixo da árvore, Binu deu uma última olhada nos troncos e galhos de todas as nove árvores; olhar para elas era como olhar para Qiliang. A imagem do marido lavando o rosto de manhã materializou-se no ar do entardecer; embora estivessem no outono, pôde vê-lo como se fosse inverno. Embora ela própria não houvesse conseguido um cavalo, via Qiliang descendo a montanha do Norte montado em um grande cavalo de Nuvem Azul, usando o casaco novo de inverno que ela lhe levara. Como estava bonito e valente! Seria possível haver outro homem na aldeia do Pêssego tão bem-vestido assim? Um casaco de algodão azul feito pelas costureiras da aldeia do Leste, sapatos de cânhamo brocado da região do Granizo e uma bolsa com o desenho de uma fênix que custou quase vinte litros de arroz. A cordinha tinha um gancho de jade embutido no qual ele podia pendurar o que quisesse.

Binu recolheu uma cabaça do chão perto da amoreira. Quando o fez, lágrimas escorreram de sua palma. A árvore e a cabaça também choraram, molhando sua mão. A cabaça fora tirada do coração da amoreira, da mesma forma que Binu fora tirada do coração de Qiliang. A trepadeira estava infeliz, a árvore estava infeliz e a mulher estava infeliz. Mas ela sabia que, qualquer que fossem seus sentimentos, a cabaça precisava ser colhida, pois ela tinha de resolver a questão da reencarnação antes de ir embora. As feiticeiras da aldeia dos Gravetos haviam feito mais uma estranha predição, e a lembrança disso a fazia tremer de medo. "Você já foi uma cabaça", alertaram, ameaçadoras, "então não deveria sair da segurança de sua casa de forma tão negligente. Há pessoas enterradas no chão pelo mundo todo, Binu, mas nenhuma cova aguarda você. Se morrer em terra estrangeira, seu fantasma vai voltar em forma de cabaça, jogada na beira da estrada, só esperando algum passante recolhê-la, cortá-la ao meio e dar metade para uma família, metade para outra, e as duas irão jogar você dentro de uma tina e usá-la como concha!"

36

# Aldeia do Pêssego

A lama cobria o chão da aldeia do Pêssego, escondendo parcialmente suas fronteiras. Conforme a enchente ia baixando devagar, as choupanas circulares típicas da região de Nuvem Azul despontavam na água, cada qual parecendo metade de uma cabeça humana comemorando a alegria de ter sobrevivido a uma tragédia. Pareciam estar procurando seus donos sem descanso, mas os habitantes, com medo da água, ainda não estavam prontos para deixar suas casas improvisadas na encosta da montanha onde haviam se refugiado. Com suas muitas bandejas de bichos-da-seda, cerâmicas, implementos agrícolas e uma pequena quantidade de porcos e cabras, eles escureciam o flanco congestionado da montanha; não estava muito claro — nem mesmo para eles — o que esperavam exatamente: talvez o recuo total da água, ou talvez apenas a passagem do tempo. O tempo estava agora submerso na água e iria permanecer assim até que ela recuasse. Somente então o tempo seria transferido para as folhas das amoreiras e para os corpos brancos dos bichos-da-seda, e os ritmos ancestrais da vida voltariam a reinar na aldeia do Pêssego.

As pessoas na encosta viram Binu voltar com uma cabaça nos braços e um sapo pulando a seu lado. Riram diante da cena. "Binu, Binu, por que você está carregando essa cabaça? Onde está o cavalo que você alugou? E por que está trazendo um sapo para casa?"

Binu estava acostumada a ser alvo da zombaria dos vizinhos, mas o sapo achou essa atitude maliciosa intolerável e pulou para dentro de uma poça para fugir. Binu continuou caminhando para casa, agora sozinha. Enquanto percorria impassível o sopé da encosta, tinha a sensação de estar passando por um bosque de amoreiras estúpidas. Podia sentir os olhares intensos, venenosos, das jovens da aldeia do Pêssego, que, passado o outono, não se mostravam mais simpáticas e compreensivas. Todos os seus homens tinham ido para o Norte, deixando para trás uma aldeia solitária, vazia, e aquelas mulheres precisavam agora enfrentar um mundo cruel e implacável. Binu havia se acostumado a viver isolada, e à forma como as mulheres da aldeia do Pêssego a encaravam, com olhos frios, inquisitivos. Tanto o marido de Jinyi, um cogumelo renascido em forma de mulher, como o de Qiniang, que viera das cinzas de uma panela, tinham sido levados no mesmo dia de Qiliang, mas aquelas mulheres não estavam dispostas a partir com ela rumo ao Norte. Era possível que as predições das feiticeiras da aldeia dos Gravetos as houvessem deixado com medo de morrer na estrada à procura dos maridos, e elas temiam voltar como cogumelo ou como um punhado de cinzas. Binu não tinha medo. Havia recolhido a última cabaça da amoreira e a levara para casa com a intenção de achar um bom lugar para enterrá-la e enterrar a si mesma.

Seu destemor parecia pôr em dúvida a castidade e o amor de Jinyi e de Qiniang pelos maridos, instigando a raiva das duas. Então, quando Binu passou pelo barracão de Qiniang, esta saiu correndo atrás dela para cuspir; e quando Binu passou por Jinyi e sorriu, foi recompensada com um olhar irado de desprezo e com uma provocação maldosa: "Para quem você acha que está sorrindo, sua louca?".

Binu ignorou o ódio que as outras lhe dirigiam, porque isso não era nada comparado ao amor que sentia por Qiliang. Em casa, preparou a cabaça para ser lavada. Primeiro tirou a tampa da tina d'água; não havia concha. "Quem pegou minha concha?", gritou.

"Foi Sude, o porqueiro", respondeu alguém do lado de fora. "Ele disse que, como você vai para a montanha da Grande Andorinha, iria pegar a sua concha. Assim teria uma concha extra para usar em casa quando voltar daqui a um ou dois dias."

"Nesse caso, se ele é tão esperto", disse Binu, "por que não levou também a minha tina?"

A pessoa respondeu: "Você não trouxe uma cabaça para casa? Depois de cortá-la em dois e tirar as sementes, terá mais duas conchas!".

Binu evitou revelar o que pensava fazer com aquela cabaça. Por que deveria, quando tudo que fariam seria rir dela, dizendo: "Você acha que enterrar uma cabaça vai salvá-la? Mesmo assim você vai morrer na estrada e ficar sem enterro!". Abaixou-se para verificar as abóboras junto à tina d'água e descobriu que, das cinco, só restavam duas. "Quem roubou as minhas abóboras?", gritou.

"Não precisa falar assim", respondeu a pessoa do lado de fora. "Roubadas uma ova! Afinal de contas, você vai embora. Não vai poder comer todas essas abóboras, e não pode levá-las, então por que não distribuí-las?"

Depois de se acalmar, Binu levou as duas abóboras que restavam para o lado de fora. "Então é melhor eu mesma colocá-las aqui", disse, "assim vocês não precisam continuar tentados por tudo que me pertence. Qiliang cultivou essas abóboras, as mais suculentas e as mais saborosas de toda a região de Nuvem Azul. Quem quiser comê-las pode ficar à vontade, mas lembrem-se de que foram cultivadas pelo meu Qiliang!"

Depois de dar as abóboras, Binu tinha se ajoelhado no chão e começado a limpar a cabaça, quando um sobrinho afastado, Xiaozhuo, cuja cabeça estava coberta de crostas, entrou desabalado pela porta, gritando: "O que você acha que está fazendo, sua louca?".

"Limpando uma cabaça", disse ela.

"Estou vendo", retrucou Xiaozhuo, "mas é preciso cortá-la ao meio e jogar as duas metades na água para servirem de conchas. Então por que limpar?"

"As pessoas já cortaram todas as outras cabaças, mas esta aqui é minha, e não vai ser transformada em conchas."

"Que direito você tem de deixar outras cabaças serem cortadas ao meio, menos essa?", gritou Xiaozhuo em tom de desprezo. "Esta por acaso é a rainha das cabaças?"

Binu disse: "Xiaozhuo, você se esqueceu de que em outra vida eu fui uma cabaça? Não ouviu dizer que estou indo para o Norte e que vou morrer na estrada? Bem, quando eu morrer, não quero ser cortada em duas para ficar boiando dentro da tina dos outros. Preciso me limpar e depois enterrar minha cabaça inteira na aldeia do Pêssego. Isso feito, posso partir tranquila e evitar que Qiliang fique preocupado".

Com parcimônia, Binu usou a água que restava na tina primeiro para limpar a cabaça, depois para lavar os cabelos de Xiaozhuo. Por pior que o menino a tratasse, mesmo assim gostava dele. Mas não suportava sua cabeça imunda nem seu fedor azedo. Quando terminou de lavar aqueles longos cabelos, não havia mais água para lavar os seus, então ela mergulhou o pente no pouco de água que restava; porém, antes de terminar de pentear os cabelos, correu até o lado de fora, com o grampo preso nos dentes, para ver que horas eram. Sua expressão séria fez todos pensarem que ela tramava alguma coisa. Mais tarde, quando os vizinhos recordavam seus últimos momentos na aldeia do Pêssego, observavam que sua imensa calma havia sido mais memorável do que a sua loucura. Viram seus cabelos se desfraldarem como uma nuvem negra enquanto ela conduzia Xiaozhuo encosta acima, derramando água pelo caminho. Ainda carregava a cabaça, com a metade de cima coberta por um lenço de seda não muito novo e um pingente de fio vermelho pendurado na metade de baixo. Ao ver os olhares de desdém dos aldeões, Xiaozhuo adotou uma expressão de completa vergonha, mas Binu segurou sua mão com força. "Louca!", gritou ele. "Onde você vai enterrar essa cabaça?"

Binu ergueu os olhos para a montanha do Norte, onde sua mãe e seu pai estavam enterrados. "Queria enterrá-la junto a minha mãe e meu pai, mas, como sou casada com Qiliang, é a ele que pertenço, e não vou poder usar o túmulo da família Jiang."

"Então por que ficar olhando para a montanha do

Norte? Vamos enterrá-la nas tumbas dos antepassados de Qiliang."

"Qiliang é órfão, como você. Mas você tem mais sorte do que ele, porque ele não tem nenhum túmulo de antepassado na aldeia do Pêssego."

"Para onde você vai então?", gemeu Xiaozhuo, impaciente. "Ache um lugar e pronto. Afinal de contas, vai enterrar só uma cabaça, não você mesma."

"Enterrar uma cabaça", disse Binu, "é o mesmo que enterrar a mim mesma. Preciso encontrar um bom lugar, um lugar com uma árvore, para que a trepadeira possa crescer. Pode ser normal sofrer em cima da terra, mas não embaixo. O terreno desta encosta é elevado e seco, com sol todos os dias, contudo pessoas demais passam por aqui; uma pessoa má poderia aparecer, desenterrar a cabaça e fazer conchas com ela."

"Então enterre mais para baixo."

Insegura quanto ao que fazer, Binu examinou a encosta. "Aqui também não é bom", disse. "É onde Sude traz os porcos para pastarem, e se um de seus malditos porcos desencavasse esta cabaça, aquele ganancioso Sude a levaria para casa."

A paciência de Xiaozhuo estava esgotada. "Aqui não é bom, ali não é bom, então desista de enterrar", disse. "Jogue-a logo dentro da tina de alguém."

Em um acesso de irritação, Binu empurrou Xiaozhuo e subiu a encosta sozinha até chegar a um velho salgueiro, onde tornou a ver o sapo. Agora que Xiaozhuo parecia não estar por perto, o animal voltara, escondendo-se, tímido, debaixo do salgueiro, pensando pensamentos humanos. Com a chegada do sapo, Binu tornou a ver a forma emaciada da montanhesa afogada, vestida de preto e usando o chapéu de palha. A mulher estava agachada debaixo do salgueiro esperando Binu; o fantasma da mulher estava à sua espera. Binu conseguia ver o fantasma, porque ninguém consegue ver a tristeza melhor do que as pessoas tristes, e sentiu um profundo pesar pela montanhesa. Sabendo como fora difícil para uma cega procurar o filho sozinha, Binu tentara achar alguém que pudesse acompanhá-la na viagem ao Norte. As mulheres da aldeia do Pêssego haviam fugido de Binu e de sua ideia como se foge da peste. Até os gansos selvagens voam em bandos para o Norte e para o Sul, e qualquer pessoa prestes a partir em uma longa viagem procura companheiros. Do verão até o outono, Binu havia procurado em vão, sem encontrar ninguém. Então surgira o sapo. Embora não fosse um companheiro ideal, ela não podia dispensá-lo, porque ele estava decidido a acompanhá-la.

"Você é ansioso demais", disse Binu ao sapo. "Como é que eu posso partir antes de ter enterrado minha cabaça? Você é um sapo, fica pulando para lá e para cá em busca do seu filho, e tem mais sorte do que eu, porque quando eu morrer vou virar uma cabaça. Se eu não me enterrar, vou ficar largada na beira da estrada esperando algum passante me encontrar."

O sapo continuou sua vigília debaixo do salgueiro, escutando com atenção os passos de Binu. Segurando a cabaça junto ao peito, ela deu uma volta ao redor do salgueiro. Mais para o leste, viu uma colina coberta de arbustos de acácia encharcados. Mais para o oeste, viu terras mais elevadas e um velho junípero, com as pontas dos galhos altos banhadas por uma auspiciosa luz do poente. Mas alguém havia soltado um pequeno rebanho de cabras para pastar ali e, mesmo que ela as enxotasse, não era o lugar certo;

seria fácil demais para os aldeões a encontrarem. "A aldeia do Pêssego é tão grande; por que não consigo encontrar um lugar onde enterrar minha cabaça?", lamentou.

Por fim, abandonou a procura pela cova ideal de sua imaginação e, com ar moroso, voltou a atenção para o salgueiro. "Você vai servir", disse. "Não é uma árvore de sombra junto à qual as pessoas vêm rezar pedindo sorte, e eu não sou abençoada com riqueza e status, então nenhuma de nós duas pode se dar ao luxo de ser exigente demais." Olhou para os arbustos de acácia ao leste e para o velho junípero ao oeste. "Que os outros fiquem com seus pinheiros, seus ciprestes e suas acácias, pouco me importa. Este salgueiro é o que eu quero."

O jovem Xiaozhuo a essa altura já havia subido até o alto da montanha do Norte para ver Binu executar o rito solene e secreto de sepultamento da cabaça. Ele tinha muita experiência em enterros: ajudara o pai a enterrar o avô, ajudara a mãe a enterrar o pai, e por fim enterrara a mãe sozinho. Outros meninos se interessariam pelo enterro de uma cabaça, mas não Xiaozhuo — ele já estava acostumado demais a enterrar pessoas. Mesmo assim, acompanhou os gestos de Binu com grande interesse.

Binu estava agachada, atarefada debaixo do salgueiro, e quando se levantou não era mais possível ver a cabaça. Levando as mãos em concha à boca, Xiaozhuo bradou para a montanha: "Venham ver! Binu se enterrou!". As palavras mal haviam lhe saído da boca quando ele engasgou com uma rajada de vento, o que o impediu de revelar o segredo de Binu. Seria a última vez que ele veria a tia. Todos, inclusive ele, haviam escutado a predição das feiticeiras da aldeia dos Gravetos de que ela estava fadada a morrer na estrada. Xiaozhuo considerava o ponto debaixo do salgueiro um bom lugar, e achava que a escolha do local do próprio enterro fora a única atitude sábia de Binu. Na véspera de partir da aldeia do Pêssego, Binu enterrou sua cabaça, enterrando assim a si mesma em sua cidade natal antes da própria morte.

# Ravina da Grama Azul

As montanhas em volta de Ravina da Grama Azul haviam sido muito erodidas pelo tráfego humano, até o que antes era uma encosta íngreme ficar achatada e quase irreconhecível. A área era densamente povoada, e cada rajada de vento trazia o cheiro de bolinhos fritos e estrume de vaca. Era uma das regiões fronteiriças da região de Nuvem Azul. A uns trinta *li* de distância ficava o lendário passo de Nuvem Azul, depois do qual começava a região de Pingyang, uma extensão aparentemente infinita de terras planas cultivadas. As pessoas diziam que as carruagens do rei puxadas a cavalo corriam por aquela planície em uma misteriosa excursão rumo ao Sul.

Binu continuou andando até ver carroças com rodas puxadas por jumentos e bois, já que todos os cavalos haviam sido confinados no Norte. Equipados com sinetas de bronze, os animais atrelados às carroças estavam reunidos junto à estrada à espera das cargas mais pesadas. Ali, em Ravina da Grama Azul, cada animal revelava seu temperamento próprio: os bois, tirados de campos desolados, resfolegavam bem alto para demonstrar o quanto estavam confusos, ao passo que os jumentos, subitamente muito valorizados, exibiam uma espécie de arrogância impetuosa.

Inúmeras construções semelhantes a caixas haviam sido erguidas ao lado de uma estrada de terra que descia a montanha. Binu não soube dizer se tinham sido feitas para a realeza ou para nobres ricos; era a primeira vez que via construções assim. Bandeiras pendiam de mastros altos, a maioria com palavras coloridas. Binu não sabia ler, então perguntou a um dos carroceiros o que estava escrito. Era óbvio que o homem tampouco sabia ler, pois ficou ali piscando os olhos por alguns instantes, e em seguida arriscou um palpite. Com um olhar de desprezo, falou: "Não sabe ler, é? Eu diria que a palavra é 'dinheiro'. O que mais poderia ser, já que tudo por aqui custa dinheiro?".

Uma grama azulada cobria a área do passo da montanha como pó de ouro. Mesmo em épocas de guerra, a grama crescia em abundância, até se começar a dizer que Ravina da Grama Azul prosperava por causa de sua grama especial, tornando-se aos poucos a área comercial mais próspera da região de Nuvem Azul. Enquanto seguia pela estrada, Binu encontrou muitas mulheres e crianças levando cestas azuis e imaginou que elas também estivessem rumando para o Norte. "O que iríamos fazer no Norte?", indagaram. "Seria um suicídio. Não, estamos a caminho de Ravina da Grama Azul para juntar grama. Dez cestos de grama podem ser vendidos por uma moeda."

Binu olhou em volta e percebeu uma aura azul cobrindo as montanhas; à luz do sol, a grama azul era de fato azul. Os catadores de grama malvestidos se espalhavam e seguiam o regato, procurando trechos onde a grama fosse mais densa, e depois de algum tempo se reuniam; embora Binu estivesse no sopé da montanha, podia vê-los lá em cima arrancando punhados de grama. De longe, o atropelo das pessoas percorrendo a montanha lembrava-lhe animais selvagens brigando por comida.

"Você também está aqui para catar grama? Se está, por que essa trouxa em cima da cabeça? E onde estão seu cesto e sua foice?" Era um carroceiro com um enfeite de cabeça verde parecido com um turbante, homem de idade indeterminada, com uma barba cerrada e suíças mal aparadas. Seus olhos exibiam uma mistura improvável de maldade e simpatia.

"Não, não estou. Fiquei sabendo que há carroças em Ravina da Grama Azul que poderiam me levar até o Norte", disse Binu. "Irmão maior, você levaria a sua carroça para o Norte?"

"Para fazer o quê? Cometer suicídio?", respondeu o carroceiro, cruel. Parecia estar esfregando as mãos, como se sentisse frio, e ergueu um pé descalço. Estudou a trouxa sobre a cabeça de Binu com o canto do olho, tentando imaginar o que continha. Então, sem avisar, deu um chute em Binu e perguntou: "O que tem nessa trouxa? Abra e me deixe ver!".

"Por que quer examiná-la?", perguntou Binu enquanto punha a trouxa no chão. "Está vendo", acrescentou ao desamarrar apressadamente o embrulho, "não é nada. Pode parecer grande, mas não vale muita coisa: é só um casaco de frio para o meu marido, e um sapo."

"Você disse um sapo? Está levando um sapo dentro dessa trouxa?" O carroceiro estava pasmo. Seus olhos se acenderam como uma lanterna, e ele começou a vasculhar o conteúdo. "Você disse um sapo, bom, vou ter que dar uma olhada nisso. Você é de Huangdian? Aonde quer que vá, essa gente leva galos, para indicar o caminho. Mas um sapo? Como é que um sapo escondido dentro da sua trouxa vai poder indicar o caminho?"

"Eu não sou de Huangdian, irmão maior. Moro na aldeia do Pêssego, do outro lado da montanha. O meu sapo é cego e não pode me guiar a lugar nenhum. Sou eu quem deve guiá-lo."

"Como você pode dizer que não é de Huangdian? O seu sotaque a denuncia. Vocês são dissimulados demais para levar uma trouxa que não vale nada. Deve ter um fantasma aqui dentro."

Binu não sabia como provar que era da aldeia do Pêssego, mas provar a inocência de sua trouxa era fácil. Parecendo levemente ofendida, ela a sacudiu. "Saia daí, sapo, deixe o nosso irmão maior dar uma olhada em você. Um fantasma dentro da minha trouxa? Nunca! Um sapo não tem do que se envergonhar. Não estou carregando nenhum sal, ninguém iria deixar. E não tenho faca, não se pode carregar uma faca dentro de uma trouxa." Binu chamou o sapo para pular da trouxa e se mostrar, mas ele estava encolhido dentro da sandália de Qiliang, tendo se acostumado com o calor e a escuridão que reinavam ali, e recusou-se a sair. Sapo covarde que era, passara o caminho inteiro assustado, e agora estava petrificado. Binu explicou a situação ao carroceiro enquanto estendia a sandália para ele ver. "Estou lhe dizendo a verdade, irmão maior, aqui dentro tem um sapo. Que crime eu cometi levando um sapo para a montanha da Grande Andorinha?"

"Não cabe a você julgar se cometeu ou não um crime. O seu comportamento estranho e furtivo prova que você é de Huangdian! Estou lhe dizendo, o rei já chegou à região de Pingyang, de onde as pessoas de Huangdian e as cobras serão erradicadas!"

"Eu não sou de Huangdian; moro na aldeia do Pêssego. E este sapo não é uma cobra. Por favor, olhe dentro desta sandália e verá que é um sapo, não uma cobra."

"Então você se recusa a admitir que é de Huangdian. Há trinta anos as pessoas de Huangdian se rebelam contra a corte. Tanto homens quanto mulheres saíram por aí como assassinos e bandidos. Quem, senão uma mulher de Huangdian, estaria viajando sozinha escondendo um sapo dentro de uma sandália? Esse sapo provavelmente é perigoso, talvez seja uma cobra reencarnada disfarçada de sapo! Estou lhe dizendo para o seu próprio bem: se você atravessar o passo de Nuvem Azul e chegar à região de Pingyang, vai ver o que a espera. Não há nada de que o rei tenha tanto medo quanto cobras. Como quer que você as trate, elas nunca se submetem. Nascem com um só pensamento: assassinar o rei. Lembre-se de que toda a grama nas cidades e nas aldeias da região de Lulin foi queimada, e queimada de novo, até cada ovo de serpente ficar esturricado de tão frito. Qualquer um que venha de Huangdian, jovem ou velho, deve ser preso e queimado vivo!"

Isso deixou Binu aterrorizada. Ela não era de Huangdian — que ficava do outro lado da montanha do Norte —, mas mesmo assim ficou com medo. Sem saber o que pensar, agarrou-se à trouxa e andou até uma barraca de beira de estrada onde vendiam cestos de palha. As pessoas não paravam de olhar para sua trouxa, então, cada vez mais indignada, ela lhes mostrou a sandália de Qiliang. "Olhem, todos vocês. Isto aqui é um sapo ou uma cobra? É claro que é um sapo, mas esse homem está dizendo que é uma cobra reencarnada em sapo." Com a curiosidade despertada, as pessoas se juntaram para inspecionar o sapo e tentar adivinhar de onde Binu tinha vindo.

"Levar um sapo ou uma cobra, qual a diferença?", disse alguém. "Se essa mulher não for feiticeira, é louca!"

Na próspera cidade de Ravina da Grama Azul, Binu descobriu o que era sentir-se só e abandonada. Não sabia mentir, mas mesmo assim as pessoas se recusavam a acreditar nela. Quando contou sua história triste, duvidaram dela desde o início. Ela lhes disse que vinha da aldeia do Pêssego, não de Huangdian, que os dois lugares eram separados por uma montanha e que o seu sotaque não era nada parecido com o de Huangdian. Mas as pessoas de Ravina da Grama Azul não sabiam distinguir os dois sotaques, então lhe perguntaram: "As pessoas da aldeia do Pêssego também são assassinas?".

Binu lhes disse que era casada com Wan Qiliang. "Algum de vocês viu o meu Qiliang, senhoras e senhores?".

Todos riram. "Ninguém aqui conhece o seu Wan Qiliang."

"Quem é esse tal de Wan Qiliang?", perguntou alguém. "Ele por acaso tem o nome tatuado na testa?" Disseram-lhe que centenas de milhares de trabalhadores estavam construindo a Grande Muralha, então quem poderia conhecer alguém chamado Qiliang?

Muitas das pessoas demonstravam um interesse fora do comum pela trouxa sobre sua cabeça, estendendo as mãos sujas para pegar o casaco de inverno de Qiliang. "Você quer dizer que está indo até a montanha da Grande Andorinha só para entregar isto ao seu marido?"

"Sim", respondeu Binu. "Estou indo lhe entregar roupas de frio. O que mais posso fazer? Quando o meu Qiliang foi levado, não estava usando nem uma camisa."

Era uma simples afirmação, mas as pessoas consideraram suas palavras como delírios de uma louca ou uma fantasia. Binu decidiu não dizer mais nada.

"Vocês não acreditam em nada do que digo, então é melhor eu não dizer nada", murmurou consigo mesma enquanto amarrava a trouxa com dificuldade. "Se eu fingir que sou muda, não vão achar que estou louca", disse ao velho que vendia os cestos. "Tudo que preciso fazer para acreditarem em mim é mentir."

Olhando para ela pelo canto do olho, o carroceiro deu um muxoxo e disse: "Mentir é difícil para uma mulher como você. Não dizer nada é ainda mais difícil".

Binu teve a sensação de que o velho sabia que ela estava sendo sincera, mas não quis parecer fraca, então tornou a pôr a trouxa na cabeça e disse: "Qual a dificuldade de me fingir de muda? Você diz que não falar é difícil; bem, desta vez eu já me decidi. Podem todos desistir de tentar falar comigo".

O carroceiro se apoiou na carroça e impediu com a perna a passagem de Binu. Era uma perna magra, imunda, que se esticava para fora do casaco elegante, mas era mais agressiva do que um braço. Ele a encostou com violência e determinação no quadril de Binu. "Já vai indo?", perguntou. "Para onde? Estou ouvindo o tilintar de moedas dentro dessa sua trouxa. Vai ter que me deixar algumas como pedágio."

Com uma mistura de raiva e vergonha, Binu afastou a perna do homem. Embora houvesse jurado não falar momentos antes, com aquela perna em seu caminho tinha de fazer alguma coisa. "Como assim, pedágio? Você é um bandoleiro, um bandoleiro que anda a pé!" Ela esfregou a face com um dos dedos, tentando infligir vergonha no homem.

"Irmão maior", disse, "não gosto de amaldiçoar ninguém, mas esse seu pé é mais obsceno do que as mãos dos outros!"

Ele zombou dela com um risinho sarcástico. "Achei que você fosse bancar a muda", disse. "Por que está falando?" Descruzou os braços de repente e disse: "Mãos? Mãos são para os tolos. Nunca toquei uma mulher com as mãos. Onde estão elas?".

Binu ficou estupefata. O homem não tinha mãos, apenas dois aleijões que se erguiam no ar, um par de tocos de árvore que exibiam seus cotos ressequidos e amputados, os dedos e as palmas havia muito desaparecidos. Com um grito terrível, ela cobriu os olhos. "Irmão maior", perguntou, apesar do medo, "quem cortou as suas mãos?"

O carroceiro exibiu demoradamente os cotos sem mãos, primeiro o esquerdo, depois o direito. "Por que tanto interesse nisto aqui? Está pensando em se casar comigo?" Riu, ameaçador. "Quem cortou? Adivinhe. Vou lhe dizer uma coisa, pode tentar até o fim dos tempos, mas nunca vai adivinhar. Eu mesmo fiz isso comigo para evitar que me levassem para a montanha da Grande Andorinha! Primeiro cortei a mão esquerda, mas o convocador disse que não ter a mão esquerda não fazia diferença, já que eu ainda podia carregar pedras com a direita. Então pedi ajuda a meu pai para cortar a direita. Vou deixar você de cabelo em pé quando lhe contar o que aconteceu então. O mensageiro do convocador estava do lado de fora esmurrando a nossa porta enquanto eu, do lado de dentro, cortava a mão direita; com a ajuda do meu pai pude cortar as duas mãos bem a tempo de ele entrar pela porta."

"Estou vendo que suas mãos se foram, irmão maior",

disse Binu, pálida, pelas frestas entre os dedos. "Mas como você consegue conduzir uma carroça sem as mãos?"

"Tenho pés! Todo mundo em Ravina da Grama Azul conhece o carroceiro sem mãos. Minhas pernas e pés são conhecidos de todos por aí afora, a não ser por uma mulher burra como você, que não sabe o que sou capaz de fazer com eles. Estão se coçando para dar uma demonstração." Ele ergueu as pernas devagar, uniu os pés como se fossem duas mãos, e com eles segurou as rédeas. "Vou lhe contar uma coisa", disse, encarando Binu nos olhos, "eu trabalho para o chefe Hengming, que jamais teria me contratado caso eu não possuísse a habilidade ímpar de conduzir uma carroça com os pés."

Sem entender o status do qual se gabava o carroceiro, o rosto de Binu exibia apenas uma expressão de medo profundo, sem nenhuma admiração ou respeito. Aparentemente desgostoso, Wuzhang, ou "Sem-Palmas", disse: "Está olhando o quê? É pena que vejo em seus olhos? Está com pena de mim? Pode ficar com a sua maldita pena. Se eu não houvesse cortado as mãos, teria sido arrastado para a montanha da Grande Andorinha para trabalhar feito um escravo. Se tivesse ficado com minhas mãos, nunca teria desenvolvido a habilidade especial de conduzir uma carroça com os pés, e nunca teria tido a oportunidade de ser contratado pelo chefe Hengming. Pare de olhar para mim e olhe para aquele corcunda ali com seu carro de boi. Aquela corcunda de nada lhe serviu, porque disseram que teria sido perfeita para levar pedras até a Grande Muralha. Ele nem sequer precisaria se abaixar. A única forma de ele conseguir continuar conduzindo um carro de boi em Ravina da Grama Azul foi pagar ao mensageiro do convocador".

Binu olhou para o condutor corcunda do carro de boi,

que o estava enchendo de grama com um ancinho e lançando olhares de viés para Binu e para o carroceiro sem mãos. O que o fazia exibir aquele sorriso torto, malicioso?, pensou ela. Ele largou o ancinho ao vê-la encarando-o, levou uma das mãos à barriga e piscou os olhos depressa. "Tem algo errado com os olhos dele?", perguntou Binu a Wuzhang. "Por que ele não para de piscar?" Wuzhang só fez rir.

Então o corcunda começou a ficar ousado; enfiou a mão dentro da calça e começou a fazer gestos estranhos. "Quanto é?", gritou.

Binu não entendeu. "Quanto é o quê? Não estou vendendo cestos."

O corcunda então fez um gesto obsceno com os dedos, e ao ver aquilo Binu ficou com o rosto todo vermelho. Virou-se e começou a bater a mão com raiva nos olhos, dizendo: "Se tudo que eu vejo é gente assim, de que me adianta ter olhos?".

Sem trair nenhuma emoção, Wuzhang disse: "Bata em seus olhos, vá em frente, fique cega. Mas, nesse caso, como irá chegar à montanha da Grande Andorinha? E, mesmo que consiga, se não tiver olhos como vai saber qual dos trabalhadores é o seu marido? Como uma jovem mulher fazendo uma longa viagem, lembre-se de que carrega sua castidade exposta aos olhos de todos. Se uma galinha sai correndo do galinheiro, pode apostar que haverá um galo no encalço dela. A única forma de manter os olhos limpos de fato é ficando cega!".

Cada vez com mais raiva, Binu gritou para Wuzhang: "Se o mundo fosse cheio de homens obscenos como você, então ficar cega como o meu sapo seria uma bênção!".

Os carroceiros evidentemente não eram homens bons.

Estava na hora de ela atravessar o passo e seguir seu caminho; iria ver como eram os ricos que moravam lá em cima, veria se ali havia pessoas boas. Mas iria passar direto pela carroça de um e pelo carro de boi do outro? Não. Em vez disso, deu a volta na carroça de Wuzhang, que ficou afagando a garupa do jumento com afeto quando ela passou. Era um animal de pelagem clara, corpo comprido e baixo, do tipo que só se via na região de Nuvem Azul. Tinha ferraduras nos cascos. Quando ela passou, seu traseiro expeliu uma saraivada de excrementos cinza, atraindo na mesma hora um enxame de moscas. A bondosa Binu tentou enxotá-las com um abanar de mãos, gentileza que o jumento não estava disposto a aceitar. Empinando de repente, o animal soltou um relincho bem na sua cara, depois aproximou a garupa de Binu e expeliu outra rajada de excrementos. Nem mesmo os animais de Ravina da Grama Azul lhe demonstravam respeito, e mesmo assim ela gostou daquele animal; não pôde evitar. Fitando seus grandes olhos cinzentos, disse: "Esse jumento é mais bonito do que o dono. É um bom jumento, só é um pouco mal-humorado".

"Pensei que você quisesse ficar cega", disse o carroceiro. "Se fosse cega, não poderia olhar para o meu jumento, não é mesmo? Estou dizendo, você não pode olhar para o meu jumento de graça. Cada olhada vai lhe custar uma moeda!"

"Deixe-me perguntar uma coisa, irmão maior. O que custa mais caro, um boi ou um jumento?"

"Um boi é caro, mas um jumento não é barato. Mais caro do que comprar uma pessoa", disse o carroceiro.

Binu olhou para ele com timidez. "Sei que os animais estão caros hoje em dia. Se eu não puder pagar, não vou comprar. Mas tenho nove moedas. Isso bastaria para alugar a sua carroça?"

"Então agora está querendo me dar lucro, é? Quer alugar minha carroça para levá-la até o Norte, é isso?" Wuzhang encarou-a com olhos irados antes de explodir. "Você por acaso não tem orelhas? Já lhe disse, eu trabalho para o chefe Hengming. Não estava escutando quando eu disse o nome dele? Ele é irmão do rei! De que outra forma eu poderia ter uma carroça como esta? Curve-se e dê uma olhada no eixo, nas rodas. Acha mesmo que foram feitas para gente da sua laia? Dê uma olhada na insígnia de pantera do toldo. É a insígnia do chefe Hengming. Tudo que carrega a sua insígnia lhe pertence, incluindo eu próprio. Entendeu? Se não entendeu, veja as costas do meu casaco. Está vendo? A mesma insígnia da pantera."

Binu deu a volta na carroça. Nas costas do homem estava estampada orgulhosamente a insígnia redonda de uma pantera. "Entendo", disse, solícita. "Você não pode alugar a carroça porque ela não lhe pertence. Nesse caso, pode me levar até o chefe Hengming e falar com ele em meu nome? Pergunte se ele me permite alugar o jumento. Eu nem pensaria em alugar uma carroça boa como esta, mas se ele me deixar ficar com o jumento lhe darei minhas nove moedas."

"Nove moedas, nove moedas! Acha que carregar nove moedas por aí faz de você uma mulher rica, é?" Wuzhang nem sequer tentou esconder seu desprezo. "Se tivesse uma habilidade única, se conseguisse voar até os beirais ou subir pelas paredes, ou se cuspisse fogo ou andasse sobre a água, então eu a levaria até ele, e ele me recompensaria. Se você conseguisse que o seu sapo desejasse vida longa e feliz ao chefe Hengming, eu a levaria até ele. Já que um galo de

Huangdian é capaz de guiar o caminho por uma estrada, um sapo de Huangdian deveria saber falar. Faça o seu sapo dizer alguma coisa ao chefe Hengming, mande-o fazer uma mesura e desejar-lhe vida longa e feliz, e eu a levarei até o Terraço das Cem Nascentes."

"Onde é que você guarda suas orelhas, irmão maior?", perguntou Binu. "Já lhe disse e repeti que sou da aldeia do Pêssego, não de Huangdian. Este sapo veio de Banqiao, não de Huangdian. Ele não sabe fazer mesuras, e com certeza não sabe falar."

"Se ele não sabe fazer nada disso, então você não deveria ir. Não apenas não iria conseguir alugar o jumento mas, quando o chefe Hengming a visse, talvez ficasse seduzido por você. Ele tem comprado muitas mulheres ultimamente, algumas inteligentes e bonitas, outras de ancas largas, feitas para parir, e outras habilidosas com a agulha. Guardou algumas para si e deu outras de presente para seus cortesãos. Tudo que ele gosta, compra. Se fosse possível cortar pedacinhos do céu e vender, ele compraria um pedaço grande. Entendeu agora como é o meu patrão?"

Binu de início aquiesceu, porém depois balançou a cabeça. "Pode repetir o quanto quiser que eu sou de Huangdian, mas eu não sou e, como não sou, não tenho medo." Olhou para a resplandecente carroça; e, quanto mais olhava, mais arrogante o jumento lhe parecia, e mais luxuoso lhe parecia o toldo. Tentou imaginar como seria o dono daquela carroça, mas não conseguiu. Suspirou e desistiu de tentar. "Irmão maior, o homem cuja carroça é mais elegante do que qualquer outra provavelmente é rico e poderoso. Bem, eu não estou interessada em alugar esse jumento. Meus pés me farão chegar à montanha da Grande Andorinha. Mas não entendo uma coisa: por que todo mundo que encontro pelo caminho mente para mim? Todos me disseram que Ravina da Grama Azul vendia gado grande."

"Isso acontece porque você é muito burra. Gado grande significa gente, não animais!" Já sem paciência para ela, Wuzhang pegou um chicote com os pés, ergueu-o bem alto e estalou-o logo acima da cabeça dela. "Vamos, saia do meu caminho. Estou aqui para buscar um novo cortesão para o chefe Hengming. Ele vai descer da montanha a qualquer momento, então pare de me aborrecer."

Binu sobressaltou-se, alarmada, e o movimento brusco fez tilintar algo metálico dentro de sua trouxa.

Os olhos do carroceiro se acenderam. "Você não é mulher de mentir", disse. "Posso ver que de fato tem nove moedas. Bem, eu tampouco lhe menti. Vá e compre uma cabeça de gado grande. Saia deste passo e olhe para baixo da montanha. Verá um lugar onde se compram e vendem pessoas. Lá só irá encontrar gado grande."

# O mercado de gente

Agora que o sol se punha, já estava quase na hora de o mercado de gente fechar, mas ainda havia pessoas enfileiradas dos dois lados da estrada, e as mais notáveis eram um grupo de jovens mulheres de beleza estonteante. Com suas roupas vistosas, elaboradas, elas provavelmente tinham vindo dos distritos setentrionais da região de Nuvem Azul. Tinham a testa, o rosto e os lábios pintados de ruge, e usavam coloridos vestidos azuis, vermelho-pêssego ou verde pastel. As mangas e bainhas eram enfeitadas com desenhos de diamantes, alguns grandes, outros pequenos; as faixas, incrustadas com pedras de ágata e tiras de jade, eram amarradas com um laço, e de uma das pontas pendiam anéis de jade, medalhões ou sachês de perfume. Com certeza eram aqueles esplêndidos trajes que lhes conferiam tamanha segurança e uma sensação palpável de orgulho. Seus rostos traíam pouca tristeza em relação ao estado caótico do mundo à sua volta. O dia já estava avançado, e ainda não haviam aparecido compradores potenciais, então as mulheres tagarelavam como pássaros prestes a voltar ao ninho para passar a noite, fazendo algazarra a respeito de qualquer assunto. Espalhadas ao redor estavam montanhesas com chapéus de bambu e algumas mulheres de meia-idade vindas de uma região distante, todas usando roupas escuras simples. Estavam de pé e em silêncio, com uma expressão desanimada condizente com sua posição, fitando as carroças puxadas a cavalo que subiam e desciam a estrada. Do outro lado da estrada, velhos e meninos estavam sentados de pernas cruzadas, vários deles dormindo, com a cabeça recostada no ombro do vizinho. Um dos meninos, esquecendo a própria condição, subira em uma tamareira junto à estrada e sacudia os galhos com toda a força, muito embora as tâmaras já houvessem sido colhidas havia muito tempo; tudo que caía no chão eram folhas secas e mortas.

Um homem sentado debaixo da árvore gritou: "Pare com isso! Assim você vai matar essa árvore, e não vai haver mais sombra. Então terá de ficar debaixo do sol, esperando ser vendido, e mais cedo ou mais tarde isso vai matá-lo".

A ameaça funcionou, e o menino parou de sacudir os galhos e ficou sentado quietinho em uma forquilha, de onde viu uma mulher desconhecida com uma trouxa na cabeça descendo do passo da montanha. Um novo alvo havia surgido. Enfiando a mão dentro da camisa, sacou um estilingue e gritou animado para as pessoas lá embaixo: "Lá vem gado grande! Passem-me algumas pedras, depressa!".

Os outros ficaram olhando Binu passar debaixo da árvore com a trouxa na cabeça; as mulheres do outro lado da estrada ouviram as pedras bombardearem seu corpo, mas Binu simplesmente ergueu os olhos para os galhos da árvore e disse: "Você não vai conseguir me ferir com suas pedras.

Mas é melhor tomar cuidado aí em cima, ou vai cair e se machucar". O aviso pegou o menino desprevenido; ele guardou o estilingue e disse ao homem debaixo da árvore: "Eu a acertei com meu estilingue mas, em vez de me repreender, ela me mandou tomar cuidado para não cair da árvore. Tem alguma coisa errada com a cabeça desse gado grande".

Binu manteve-se firme na estrada de terra batida. Como a árvore e seu entorno eram território masculino, não podia parar ali. Do outro lado da estrada, porém, havia todas aquelas mulheres, cujos vestidos elegantes farfalhando na brisa triste de outono lhe pareceram impróprios de certa forma. Ela então parou no meio da estrada e deu uma boa espiada no mercado de gente de Ravina da Grama Azul. Ao mesmo tempo, as jovens de belos vestidos também a avaliavam.

"Por que ela está com uma trouxa em cima da cabeça? Será que não tem medo de estragar o penteado?"

"Penteado?", zombou uma delas. "É um ninho de ratos, isso sim. As mulheres do Sul não se preocupam com seus cabelos."

A atenção de outra foi atraída para o rosto de Binu. Com um misto de inveja e ignorância, ela disse: "Eu não sabia que também havia beldades no Sul. Olhem só para as sobrancelhas delicadas como asas de mariposa, para os olhos de fênix e para a cintura fina que ela tem: uma beleza clássica".

Uma mulher a seu lado acrescentou, ácida: "Pena que ela nunca tenha aprendido a lavar o rosto ou a se maquiar. Na verdade, em vez de ruge, ela esfregou poeira no rosto inteiro. Olhem só quanta terra nesse rosto; daria para plantar uma lavoura nele".

Binu não se ofendeu imediatamente com as fofocas maliciosas. Por todo o caminho da aldeia do Pêssego a Ravina da Grama Azul, acreditara que as mulheres que se reuniam à beira das estradas deviam estar esperando para ser levadas até a montanha da Grande Andorinha, e tinha esperanças de encontrar mulheres de outras cidades também à procura dos maridos, imaginando que pudessem viajar juntas para o Norte.

Aproximou-se de uma mulher vestida de verde que comia um pão ázimo. "Você está esperando transporte?", perguntou. "Está indo para a montanha da Grande Andorinha?"

A mulher olhou para ela com o canto dos olhos. "Montanha da Grande Andorinha?", respondeu, ainda mastigando a comida. "Isto aqui não é um posto de parada para trabalhadores a caminho do Norte, então como é que poderia haver transportes para a montanha da Grande Andorinha? Se quiser ir para lá, é melhor voltar à estrada enquanto ainda está claro."

"Então o que vocês todas estão esperando? E para onde estão indo?"

A mulher de verde retirou um embrulho da sacola e o balançou na frente de Binu. "Nós não somos como você. Está vendo isto aqui? É um kit de bordado. Nós não somos gado grande, somos costureiras habilidosas esperando um transporte do moinho têxtil da família Qiao que vai nos levar para trabalhar. O que *você* está fazendo aqui?"

Percebendo o tom zombeteiro da pergunta, Binu respondeu: "Não deveria falar assim comigo, irmã maior. Nenhuma de nós escolhe o que vai ser. Só porque vocês sabem costurar um pouco não é motivo para se comportarem como meninas mimadas. Na aldeia do Pêssego, as meninas crescem sabendo plantar amoreiras e criar bichos-da-seda. A nossa costura pode não ser tão elegante quanto a sua, mas cada fio desse pacote veio de um bicho-da-seda. Posso lhe garantir que os seus fios de seda vieram dos bichos da aldeia do Pêssego".

A mulher piscou. "Está dizendo que o nosso fio é seda da sua cidade natal? Você é da aldeia do Pêssego? Não é de espantar que pareça uma trovoada quando fala!" Ela riu, arrogante. "Eu sei quem você é. Dizem que há uma louca na aldeia do Pêssego que sofre de mal de amor. Ela está levando um sapo e viajando para o Norte para procurar o marido. É você!"

Binu ficou chocada ao saber que a notícia de sua viagem já chegara a Ravina da Grama Azul. De fato, parecia a notícia de uma louca. Notou um ar de pena nos olhos da mulher de verde, a pena controlada que uma pessoa normal sente por uma louca. "Quem está espalhando esses boatos maldosos pelas minhas costas?", perguntou. "Estou levando roupas de frio para o meu marido. Isso não é sofrer de mal de amor, e eu não tenho doença nenhuma. Qualquer mulher que suporte o fato de o marido passar o inverno sem camisa, essa, sim, é doente."

"Se você não tem nenhuma doença, então volte logo para a estrada, entregue as suas roupas de inverno, vá até a montanha da Grande Andorinha. Se não se apressar, vai chegar depois das neves de inverno, e o seu marido vai ter virado um boneco de neve!" A mulher riu da própria piada, e então, fazendo farfalhar a manga da roupa, chegou mais perto das irmãs bordadeiras.

Binu ouviu os ruídos alegres da mulher transmitindo as notícias: "Não estão vendo quem é aquela ali? Venham dar uma olhada, é a louca da aldeia do Pêssego!".

As bordadeiras cochichavam e se viravam para examinar Binu com olhares de curiosidade tímida. "É ela. É ela, sim. A doente de amor. A louca. E o sapo? Está escondido na trouxa em cima da cabeça dela." Alvo dos olhares afiados como agulha daquelas mulheres, Binu sentiu o rosto e o corpo formigarem. Física e emocionalmente exausta, faltou-lhe força para discutir com as mulheres. Ali era igual à aldeia do Pêssego, onde as meninas começavam a cochichar sempre que se encontravam, adorando espalhar boatos a respeito dela.

Durante todo esse tempo, as montanhesas guardaram silêncio no canto mais afastado do mercado de gente, como uma fila de árvores na escuridão que se adensava. Binu afastou-se do burburinho das bordadeiras enfeitadas e foi até uma mulher de preto que segurava na mão um chapéu cônico. Ela lembrava a montanhesa da jangada, e fez Binu pensar no sapo dentro de sua trouxa. Cogitou perguntar à mulher se ela vinha da montanha do Norte e, caso viesse, se conhecia uma mulher que saíra de jangada à procura do filho. Mas a hostilidade que encontrara naquele mercado de gente havia destruído sua confiança no contato humano. Então decidiu não dizer nada. Eu não pergunto nada, e vocês não me perguntam nada, pensou. Binu ficou parada em silêncio entre as montanhesas, esperando ao lado delas que passassem carroças e cavalos.

A mulher de preto abaixou o chapéu que segurava na frente do rosto, revelando traços pálidos, inchados. Quando abriu a boca para falar, um cheiro rançoso e desagradável envolveu Binu. "Você não devia ficar com aquelas mulheres. Mas é verdade que só as idosas, as feias, as doentes e as moribundas deveriam ficar aqui conosco." Com uma expressão vazia no rosto, a mulher avaliou a trouxa sobre a cabeça de Binu. "Você está em melhor situação do que nós", disse, "já que pelo menos tem uma trouxa grande. Nós não temos nada e só podemos ficar aqui e aguardar. Não estamos esperando uma carroça do moinho têxtil. Se alguém nos comprasse para puxar um arado, já seria o suficiente. Nós somos o que se chama de gado grande. Mas ninguém quer comprar montanhesas como nós; pensam que somos feias e estúpidas demais. Nunca encontraremos uma carroça, então ficamos aqui esperando a morte. Se é isso que você está esperando também, então venha ficar conosco."

Evidentemente, não havia lugar para Binu no mercado de gente de Ravina da Grama Azul. Ela não podia ficar nem com as irmãs bordadeiras nem com as montanhesas. Sem conseguir ver alternativa, postou-se no meio da estrada para esperar, como as outras; simplesmente esperar. A última carroça passou pelo mercado de gente; o céu acima de Ravina da Grama Azul foi escurecendo devagar, e os ventos da montanha eram gelados. De vez em quando, uma carroça passava, deixando nervosas as mulheres dos dois lados da estrada. As irmãs bordadeiras escovavam e alisavam as roupas e acenavam com seus embrulhos coloridos, mantendo um decoro mínimo. Os meninos do outro lado da rua simplesmente saíam correndo e agarravam-se ao toldo da carroça, esperando pular a bordo, mas eram rechaçados pelo chicote do condutor. "Não estamos comprando gente. Hoje não", dizia ele.

As montanhesas seguiam a carroça com docilidade, gritando: "Não querem nenhum gado grande? Não precisamos de salário, só de comida".

O homem da carroça respondeu: "Não, não precisamos de gado grande, qualquer que seja o preço".

Com a trouxa ainda equilibrada na cabeça, Binu saiu da frente da carroça. A visão de sua figura solitária, empobrecida, atraiu de novo a atenção dos meninos embaixo da árvore, que começaram a apontar e a gesticular na direção da trouxa.

"Vamos ver se realmente tem um sapo ali dentro", disse um deles.

Outra voz, rascante como a de um velho, respondeu: "Ver se tem um sapo? Para quê? Vamos ver se tem moedas, isso sim".

Estava ficando claro para Binu que o mercado de gente era um lugar perigoso, sobretudo agora que a noite caía; o meio da estrada não era um bom lugar para ficar. Estava prestes a passar para o lado esquerdo da estrada quando a tamareira farfalhou bem alto, e o menino do estilingue pulou para o chão. Ao mesmo tempo, um dos outros meninos se levantou e encaminhou-se direto para Binu, que deu um grito: "O que vocês são, bandidos? Se não tomarem cuidado, as autoridades vão prendê-los e levá-los embora!".

Isso os deteve, mas a voz rascante recomeçou a falar, dessa vez com um tom mais sinistro: "Que prendam. Na prisão terão de nos dar comida, e com certeza isso é melhor do que morrer de fome aqui!".

O comentário animou os meninos. "Que nos levem embora, assim terão de nos dar comida!"

Seu amigo tentou agir como bandoleiro. "Pague pedágio antes de ir embora!"

Os meninos correram para cima de Binu como animais selvagens. Ela gritou e buscou ajuda junto às mulheres elegantes do outro lado da rua, exclamando: "Vocês vão ficar aí vendo eles me roubarem?".

As mulheres olharam-na com indiferença. Uma delas,

vestida de azul, apontou para o outro lado da estrada. "Aquele ali sentado é o avô deles. Se ele não está ligando, por que nós iríamos ligar?"

Binu se virou e agarrou a manga de uma das montanhesas, que imediatamente se esquivou.

"Não me agarre, saia correndo! Você está procurando encrenca, aqui parada no meio do mercado de gente com uma trouxa grande assim na cabeça."

Sem alternativa, Binu saiu correndo.

Nessa hora, o sapo decidiu se revelar. As pessoas dos dois lados da estrada ficaram chocadas ao ver clarões de luz saindo da cabeça de Binu, e então o já lendário sapo apareceu como por milagre, como se houvesse caído do céu, e aterrissou com suavidade na cabeça de Binu ou, mais exatamente, em cima da trouxa. No início, o céu escuro de Ravina da Grama Azul não permitia que as pessoas enxergassem o sapo com nitidez, mas seus olhos muito cerrados e o cintilar prateado das lágrimas ao seu redor deixaram todos com medo, pois ninguém jamais vira um sapo chorar.

"Não toquem nele, é um sapo venenoso! Vocês vão ficar cegos!", foi o alerta alto e assustado do velho na beira da estrada. "Fiquem longe dessa mulher, ela com certeza é uma feiticeira."

Os meninos recuaram na direção da árvore. "Não ouviram o avô dizer que isso não é um sapo comum, mas venenoso?"

"Por que ela está carregando um sapo venenoso?", perguntou o menino do estilingue.

"O avô já falou: ela é feiticeira. Vamos sair daqui!"

Correram para a árvore para se proteger, e Binu gritou para as costas dos meninos: "Eu sou *mesmo* uma feiticeira! E tenho um sapo venenoso. Se não, como iria poder lidar com pessoas como vocês nas minhas viagens? Como poderia chegar aonde estou indo sem este sapo venenoso?".

Binu conseguira salvar sua dignidade em Ravina da Grama Azul graças a um sapo capaz de chorar. Mesmo inesperado, era o tipo de feito digno de uma feiticeira de verdade. Enquanto ajeitava a trouxa à luz que ia caindo, seu corpo emitia uma aura de mistério. As mulheres elegantes vieram rodeá-la, seguidas pelas culpadas montanhesas. Todos ali no mercado de gente — mulheres, crianças, jovens e velhos — pareciam peixes em águas rasas e traiçoeiras, nadando rumo à foz de uma nascente; todos nadavam em direção a Binu, demonstrando o respeito natural de um peixe pela água. Queriam que ela lhes revelasse seu destino. Binu ficou aflita e ansiosa para sair de perto deles. Mas então se lembrou de que eles também eram pobres, pessoas dignas de pena, e que compartilhavam um destino semelhante ao seu. Ela jamais tivera uma vida de roupas elegantes e boa comida, mas conhecia muito bem o frio e a fome. Nunca encontrara ninguém renascido de dragão ou fênix, porém já vira muita gente humilde vinda da terra e da água. O que poderia haver de tão difícil na predição de destinos humildes? Tirando coragem desse pensamento, procurou um trecho de terra limpa e ali pousou a sandália de Qiliang; depois de recolocar o sapo dentro da sandália, imitou o comportamento das feiticeiras da aldeia dos Gravetos, desenhando um círculo no chão de terra batida e sentando-se no meio dele, em postura de lótus.

A mulher de verde ofereceu-lhe a metade intacta de seu pão ázimo, fez uma mesura e disse: "Perdoe-me, não percebi que você era uma feiticeira. Meu marido foi levado para a montanha da Grande Andorinha no verão, e não tenho notícias dele desde então. Por favor me faça uma predição; pergunte ao seu sapo se o meu homem ainda está vivo".

Com um olhar de viés para o vestido e os adornos elegantes da mulher, Binu estendeu a mão e tocou a faixa da qual pendiam joias e pedaços de ágata. "Você está usando roupas muito bonitas, enquanto seu marido ficou sem ter o que vestir. Quando os ventos do Norte começarem a soprar, infelizmente acho que ele não vai sobreviver."

"Ele vai morrer congelado?", perguntaram as mulheres em uníssono.

"Não", respondeu Binu. "O sapo está dizendo que ele vai morrer de coração partido."

Chocada, a mulher de verde implorou para saber: "O que eu posso fazer?".

"Vá para casa e pegue as roupas de inverno mais quentes de seu marido. Estenda-as ao sol amanhã e, depois de arejadas e limpas, você mesma poderá ir entregá-las na montanha da Grande Andorinha."

A mulher abaixou a cabeça, envergonhada. "Não tenho mais as roupas de inverno dele", disse. "Troquei-as por um saco de cereais. Não sou como você. Você é uma feiticeira capaz de sobrevoar montanhas e de andar sobre a água. Eu não consigo andar tanto assim, sou frágil demais. Se tentasse, com certeza morreria no caminho."

"Você tem medo de morrer no caminho, mas não tem medo de que o seu marido morra congelado, é isso que está me dizendo?"

A mulher de verde não teve resposta para isso, mas dali a pouco começou a se defender: "Ele está sofrendo, no entanto meus dias também não são muito agradáveis. De que vale ser uma bordadeira talentosa? Não é o mesmo que ficar esperando a morte vir me buscar? De toda forma, na minha vida anterior eu era borboleta, e é como borboleta que vou voltar. Então poderei voar para a montanha da Grande Andorinha para vê-lo".

Um velho corcunda de barba branca aproximou-se e entregou a Binu uma tâmara azeda. Ofegante, disse: "Meu filho estava descendo a montanha com gravetos para vender o que havia encontrado. Os aldeões acusaram-no injustamente de ter roubado uma cabra, e por isso ele foi preso. Fui até o escritório do governo do condado, mas bateram em mim e me mandaram embora. Os funcionários do *yamen* disseram que, mesmo que ele houvesse *realmente* roubado uma cabra, não tinham tempo para prendê-lo. Por favor, irmã maior feiticeira, pergunte ao seu sapo se meu filho cometeu mesmo um crime, e diga-me para onde o levaram".

"O seu filho não cometeu nenhum crime", disse ela, "e com certeza foi levado para a montanha da Grande Andorinha para trabalhar na Grande Muralha. É o trabalho mais difícil e mais exaustivo do mundo. Os homens de Nuvem Azul são os que menos temem o trabalho árduo e exaustivo, então foram todos para a montanha da Grande Andorinha."

Por um breve instante, o velho pareceu consolado, mas então perguntou, pesaroso: "Quantos dias leva uma viagem de Ravina da Grama Azul até a montanha da Grande Andorinha?".

"O sapo está dizendo que, a pé, vai levar até o início do inverno."

O velho entregou-se ao desespero. "Então não vou poder ir. Se fosse questão de poucas dúzias de *li*, eu iria com você. Mas caminhar me deixa sem ar, e eu nunca poderia ir tão longe assim. Se ao menos eu fosse dez anos mais novo, iria até a montanha da Grande Andorinha, mesmo que isso me matasse. Tomaria o lugar do meu filho lá. Mas eu logo irei descansar, e tudo que posso fazer é esperar aqui, um dia cruciante após o outro, até ver meu filho passar. Quando isso acontecer, infelizmente, acho que já vou estar no túmulo e, se ele passar, não vou conseguir vê-lo!"

Por alguns instantes, o efeito das palavras "montanha da Grande Andorinha" pareceu produzir centelhas nos olhos das pessoas; mas elas logo foram apagadas pelo vento. Somente Binu estava disposta a viajar até a montanha da Grande Andorinha; nem mesmo as lágrimas do sapo tinham o poder de convencer os outros a viajar com ela. Para eles, esperar na beira da estrada era a melhor alternativa. A multidão preguiçosa havia abandonado tudo, exceto o ato de esperar. Quando as montanhesas começaram a chorar e a se lamentar, os ventos do passo ficaram insuportavelmente frios, e Binu percebeu com mais clareza do que nunca que, naquele mercado desolado, somente ela tinha uma centelha de esperança. Estava fadada a ficar sozinha.

As irmãs bordadeiras de roupas vistosas perguntaram sobre seu destino, e para todas elas o futuro só traria angústia, anseios e preocupações, nunca saúde ou felicidade; seus rostos traíam seu desgosto, e elas começaram a duvidar e a questionar a veracidade das lágrimas do sapo e da feitiçaria de Binu. Foram embora do mercado, abrindo caminho ruidosamente até suas casas no vale próximo. As pobres e solitárias montanhesas também se foram, arrastando os corpos cansados de volta a alguns buracos cavados apressadamente para lhes oferecer uma parca proteção contra os quatro elementos. Depois de retirar os galhos secos que cobriam as entradas, rastejaram lá para dentro como roedores. Antes de entrar em seu buraco, porém, a mu-

72

lher de preto se virou e acenou para Binu, convidando-a calorosamente para passar a noite com ela. Binu recusou o convite com educação. Aquelas mulheres já estavam acostumadas a viver como roedores, felizes dentro de seus buracos, mas Binu não. Ela estava acostumada a caminhar sobre o chão durante o dia e, quando a lua e as estrelas luziam na escuridão, não tinha medo de andar à noite.

Binu viu-se sozinha em meio ao vento que soprava, olhando para a estrada da montanha que desaparecia na escuridão. Ouviu o tilintar de um sino ao longe e, segundos depois, distinguiu o conhecido carroceiro, o que conduzia com os pés. A carroça varava a escuridão na direção dela, vinda do passo da montanha, porém teve sua passagem impedida pelo movimento abrupto de Binu para o meio da estrada. Wuzhang golpeou com o chicote para tirá-la do caminho, mas de nada adiantou; ela forçou-o a parar.

"Estou vendo que não conseguiu se vender", disse ele. "Tente de novo amanhã. Mas, enquanto isso, vá saindo do meu caminho. O nosso novo cortesão se atrasou. Já perdemos a comitiva do chefe Hengming."

Sem uma palavra em resposta, Binu continuou onde estava e levou a mão à trouxa para tirar de lá de dentro uma moeda reluzente, que estendeu para os pés do homem.

"Você virou mesmo muda? Diga alguma coisa. Para onde quer ir?"

"Não posso parar, irmão maior, preciso seguir em frente. Seja um bom homem e me leve um pedaço do caminho. Contanto que seja rumo ao Norte, irei até onde você estiver indo."

Ele esticou o pé e recolheu habilidosamente a moeda com os dedos. Ergueu o outro pé e sacudiu-o para cima e para baixo. Binu não entendeu o que aquilo queria dizer. Fez uma curta pausa, mas então sacou outra moeda e colocou-a entre os dedos do pé do homem. Sua mão tremia visivelmente. "Nunca gastei tanto dinheiro assim", disse ela. "Se Qiliang soubesse, iria me repreender com severidade. Tudo isso só por uma carona. Mas já estou viajando há três dias e três noites, e hoje não consigo dar mais nenhum passo."

"Você acha que eu pedi demais? Não percebe de quem é esta carroça?" O carroceiro virou-se para olhar para o novo cortesão sentado atrás de si, que correspondeu ao seu olhar com um leve movimento de cabeça. "Este irmão é um homem bom. Sem a permissão dele, eu não poderia levar você a lugar nenhum. Apresse-se e agradeça a ele, pois vai viajar na carroça do chefe Hengming, e pela pechincha de duas moedas. Poucas pessoas têm a mesma sorte."

Binu fez uma mesura para o homem e subiu na carroça. O novo cortesão era quase um gigante de tão alto e lançava uma sombra enorme. Com a pouca luz que restava, ela viu os cabelos embaraçados que lhe caíam até os ombros e percebeu que seu rosto estava coberto por um lenço escuro. Seu corpo exalava um cheiro levemente almiscarado.

"De onde você é, irmão maior?", perguntou Binu, tímida.

O homem pareceu não tê-la escutado. Mas Wuzhang virou-se e berrou: "Nada de falar! Eu nunca pergunto de onde meus passageiros vêm nem para onde vão. Como se atreve a fazer esse tipo de pergunta?".

O misterioso desconhecido não disse nada, e enquanto a carroça avançava, Binu teve a sensação de estar sentada ao lado de uma imensa rocha. Esforçou-se para não incomodá-lo, mas a viagem sacolejante de vez em quando fazia sua trouxa roçar no casaco dele, levando o sapo a coaxar lá dentro, e coaxar de novo. Então ela a tirou da cabeça e segurou-a no colo. E, ao fazê-lo, reparou que as botas do homem estavam manchadas, embora no escuro não soubesse dizer se aquilo era lama ou sangue. Afastou-se um pouco mais do homem, pensando nos terríveis lugares por onde seu companheiro de viagem talvez tivesse passado. Um olhar involuntário para os olhos que luziam acima do lenço escuro dele revelou um brilho de arrogância ou ódio. Ou seria de tristeza?

# Terraço das Cem Nascentes

À luz suave da lua, o Terraço das Cem Nascentes se erguia no céu como uma ilha reluzente e luxuriante. Com sua alta plataforma e seus beirais voltados para cima, as velas tremeluzindo entre melodias de cordas e sopros, parecia o último animal gigantesco em um instante de êxtase. O condutor guiou a carroça até a margem de um rio, onde parou, virou-se para Binu e disse: "Desça, desça da carroça. Já a fiz percorrer vinte *li* por suas duas moedas. Está na hora de você ficar sozinha de novo".

Binu nem sequer ouviu a ordem do carroceiro, de tão entretida que estava em evitar os olhos do homem de rosto coberto. Vinte *li* de viagem a haviam deixado exausta. O comportamento frio de seu companheiro e a maneira como mantinha as mãos dentro da túnica, como se tivesse uma espada escondida ali, haviam lhe lembrado um homem de Huangdian que ela encontrara na montanha do Norte quando criança. Quando o viram passar pela montanha com alguma coisa debaixo do braço, as crianças da aldeia do Pêssego haviam corrido atrás dele para lhe perguntar o que ele estava escondendo. "O que está levando debaixo do braço, tio?" O homem sorrira e abrira o casaco. Era uma cabeça humana ensanguentada! Pensar naquela cabeça havia impedido Binu de olhar para a túnica do homem e, enquanto a carroça sacolejava estrada afora, tivera a sensação de estar flutuando no ar da noite.

O carroceiro deu-lhe um chute violento. "Você é surda ou adormeceu? Estamos no Terraço das Cem Nascentes, então desça, e não deixe ninguém vê-la!"

Quando Binu desceu da carroça, sentiu o chão debaixo de seus pés se mover; com dificuldade para manter o equilíbrio, agachou-se naquele lugar desconhecido, parecido com um sonho. O Terraço das Cem Nascentes era separado da floresta por um fosso que o rodeava como uma fita de seda. Podiam-se distinguir formas humanas do outro lado, e uma fileira de lanternas com insígnias de panteras sacudia-se ao vento. Então um som de correntes e o de uma polia se ergueram juntos, e uma enorme ponte levadiça desceu do céu ao lado da aterrorizada Binu. Ela pôs-se de pé com um pulo. "Irmão maior", gritou, "você não pode me deixar aqui. Aceitou minhas duas moedas, mas só me deixou percorrer vinte *li*. Você tem que me devolver uma das moedas."

O condutor e seu passageiro viraram-se para olhar. O passageiro continuou calado, com os olhos ainda muito brilhantes. "Você quer que eu a leve até o Terraço das Cem Nascentes por duas moedas?", perguntou o carroceiro. "Abra os olhos e preste bem atenção. Isto aqui parece um lugar para você?"

Binu prendeu a respiração enquanto escutava as vozes vindas do outro lado do fosso. "Você está mentindo, irmão maior. Quem disse que uma mulher não pode atravessar essa ponte? Estou ouvindo vozes de mulher do outro lado."

Ele riu. "São mulheres da vida. Quer se juntar a elas? Você tem a aparência adequada, agora tudo que precisa fazer é aprender a cantar e a tocar um instrumento, e talvez seja aceita. Dê-me mais uma dessas moedas, e eu a apresento a uma casa de prazer. Você poderá ser uma dessas mulheres."

Antes de Binu conseguir dizer uma palavra, o sapo começou a se mexer. Tinha passado o caminho inteiro até o Terraço das Cem Nascentes escondido dentro da sandália de Qiliang, tímido, mas agora pulou com coragem para fora da sandália e aterrissou nas costas da mão de Binu, detendo-se ali por tempo suficiente para marcar a pele com uma bolha, antes de seguir pulando. Chocada com aquele movimento brusco, Binu viu o sapo sair saltitando à luz do luar até chegar perto e subir na carroça. Pela forma como o cortesão moveu o corpo, pôde ver que o sapo havia pulado sobre seu colo.

"Saia daí, esse não é o seu filho!", gritou Binu com medo, percebendo subitamente o que o sapo estava pensando. "Volte aqui! Ele não conhece você; não é o seu filho!"

Mas infelizmente os gritos de Binu chegaram tarde demais. O homem agarrou o sapo, e Binu viu sua mão dar um peteleco no ar, arremessando um pequeno objeto preto para dentro d'água.

Um retinir furioso de gongos veio do outro lado da ponte levadiça. Era uma sentinela avisando à carroça para se apressar e atravessar para o outro lado. O carroceiro ergueu os pés e estalou o chicote no ar enquanto Binu corria para alcançá-lo. Em pânico, ela agarrou a faixa do cortesão; sem pensar no que dizia, gritou para o homem: "Aquilo não era um sapo, era o fantasma da sua mãe. Você vai ser punido por jogar a própria mãe na água!".

O homem se levantou; algo luziu debaixo de seu casaco e, em um único e temível instante, sua espada cortou a faixa que a mão de Binu segurava. A voz irada do carroceiro veio lá de trás: "Como assim, mãe dele? Um fantasma?". Vociferou para Binu: "Tome cuidado para ele não enterrar essa espada no seu coração! Ele é um mestre-espadachim, o mais novo cortesão do chefe Hengming. Sua arma não faz distinção; não reconhece parentes e com certeza não reconhece fantasmas!".

Binu sentou-se pesadamente, ainda agarrada a um pedaço da faixa. Nela se via a insígnia da pantera e respingos de um líquido escuro; dessa vez, teve certeza de que era sangue seco.

A carroça atravessou a ponte levadiça, e esta se ergueu no ar e sumiu de vista, deixando Binu ilhada do outro lado. As formas humanas antes visíveis à luz da lanterna também haviam sumido; tudo que restava eram as chamas vermelhas tremeluzindo debaixo de um caldeirão. De vez em quando, um empregado surgia de trás do muro para acrescentar gravetos ao fogo. Em pé ao lado do fosso, ainda com a faixa do cortesão na mão, Binu olhou para o Terraço das Cem Nascentes, banhado pela luz da lua, ainda parecendo um imenso animal e enchendo o céu com um aroma misterioso que poderia ter sido o seu hálito.

Binu pôs-se a caminhar pela margem do fosso, procurando seu sapo. Um tufo de vegetação flutuava na superfície da água e cintilava sob o luar. Em cima dele, boiando na direção do Terraço das Cem Nascentes, havia um pequeno objeto escuro que ia deixando leves ondulações em seu rastro. Tinha de ser o sapo, o pobre fantasma seguindo o caminho do filho. Uma algazarra de vozes masculinas ergueu-se de uma barraca do outro lado; talvez fossem todos filhos da mulher de preto, mas qual deles seria capaz de reconhecer ou de acolher a mãe renascida como sapo? Binu passou algum tempo esperando junto ao fosso, certa de que o sapo não iria olhar para trás. Havia perdido o companheiro de viagem e teria de percorrer o resto do caminho sozinha.

Agora que o sapo fora embora, a trouxa de Binu estava silenciosa e a sandália de Qiliang vazia. Ela lavou-a no fosso, depois fitou o próprio reflexo na água. A superfície iluminada pelo luar estava lisa como um espelho, mas mesmo assim ela não conseguiu ver seu rosto; estava escondido pelo brilho da água. Sem conseguir ver o próprio reflexo, esqueceu-se por um instante de sua aparência, e ao tentar se lembrar, as imagens que lhe vieram à mente foram a de uma encarquilhada velha da montanha sobre uma jangada de madeira e a de um rosto riscado de lágrimas com um colorido pouco saudável. Ajoelhou-se junto à água e esfregou os olhos, lembrando-se de como eles eram brilhantes e bonitos. Mas seus dedos, que não conheciam aqueles olhos, foram repelidos pelo ataque de seus cílios. Ela então apalpou o nariz. Todas as mulheres da aldeia do Pêssego invejavam seu nariz delicado, bem formado. Mas este também repeliu seu toque com indiferença, chegando até a soltar um pouco de muco sobre seus dedos como mais uma demonstração de antipatia. Ela mergulhou os dedos n'água e esfregou-os nos lábios, lembrando-se de que eram o traço preferido de Qiliang; o marido muitas vezes lhe dissera quão vermelhos e doces eram seus lábios. Agora estavam contraídos com força, rejeitando a água que ela lhes oferecia. Todos os seus traços pareciam lhe estar resistindo. "Você abandonou tudo, inclusive seus olhos, seu nariz e seus lábios, toda a sua beleza, tudo por causa de Wan Qiliang."

Ao tocar os cabelos, Binu pôde sentir a poeira grudenta de antigas lágrimas, e percebeu que não os havia lavado desde que saíra da aldeia do Pêssego. Então retirou os enfeites dos cabelos e mergulhou as tranças negras no fosso. Mesmo com o rosto bem próximo da superfície da água, ainda não conseguia ver o próprio reflexo. Peixinhos nadavam até ela, pois nunca tinham visto uma mulher fazer sua toalete à luz da lua, e pensaram que seus cabelos fossem um novo tipo de planta aquática. Começaram a mordiscar freneticamente os fios flutuantes. Binu queria ver como eram aqueles peixinhos, mas o que emergiu da água foi o rosto de Qiliang, e ela sentiu os dedos ágeis dele alisando seus cabelos, fora do seu campo de visão. Não conseguia se lembrar da própria aparência, mas Qiliang jamais poderia ser esquecido. Lembrou-se de como o rosto do marido cintilava ao sol debaixo das nove amoreiras, cheio de otimismo e ardor; no escuro, porém, ele parecia um menininho, infantil, hesitante, e às vezes um pouco pessimista ao pensar no que o futuro lhe reservava. Lembrou-se das mãos dele. Durante o dia, eram calosas e fortes, ideais para manusear ferramentas agrícolas e cuidar das amoreiras; à noite, porém, quando ele chegava em casa, o corpo dela se transformava em sua amoreira, e começava a mais deliciosa das colheitas. Quando ele se tornava violento demais, ela dava tapinhas em suas mãos, e estas mudavam de curso com agilidade. Quando as mãos dele ficavam cansadas, ela lhes dava tapas para trazê-las de volta à vida, mais arrebatadas, mais ousadas do que nunca. Binu sentia saudades das mãos de Qiliang, sentia saudades de sua boca e de seus dentes, de seus dedos dos pés sujos de lama, sentia saudades daquela parte especial de seu corpo, algumas vezes selvagem e incontida, outras vezes frágil e carente. Era o seu segundo filho, o filho secreto, o filho que se levantava à noite para acender o corpo vazio de Binu, pedacinho por pedacinho. Lembrou-se de como o corpo de Qiliang irradiava uma luz ofuscante no breu da noite, e essa lembrança indelével iluminou o céu escuro sobre aquele estranho lugar à sua volta; iluminou também a estrada para o Norte. Binu se levantou ao lado do fosso e olhou para a estrada onde crescia uma floresta; sabia que a única estrada para o Norte estava escondida entre aquelas árvores.

Binu começou a andar e logo chegou a uma aglomeração irregular de choupanas de telhado de sapê bem no meio da floresta; algumas eram altas, outras atarracadas, mas eram todas escuras e estremeciam com os ventos da noite, que traziam até ela o mau cheiro de dejetos humanos e animais e o ronco de pessoas exaustas dormindo. Havia uma lanterna pendurada do lado de fora de uma das choupanas, e Binu imaginou se aquilo seria o estábulo do chefe Hengming. Guiada pela luz, aproximou-se do estábulo e deu uma espiada, mas viu que estava vazio, com exceção de três cavalos comendo feno de uma manjedoura; suas crinas prateadas irradiavam na escuridão uma luz fria, um tanto aguada. Quando ela abriu a porta, uma sombra passou como um clarão diante de seus olhos, e algo feito de metal segurou sua mão e manteve-a presa. Era a extremidade curva de uma foice. Quando ela se recuperou do choque, viu um velho cavalariço sem camisa agachado em um canto escuro; a foice era dele.

"Já disse que não podem entrar no estábulo. Da próxima vez que eu pegar um de vocês, vou tratá-los como ladrões de cavalos." Ele fez o gesto de quem passa a lâmina da foice pelo pescoço e deu uma risadinha maliciosa. "Qualquer pessoa que tente roubar um cavalo do Terraço das Cem Nascentes paga com a vida!"

"Não estou tentando roubar nenhum cavalo", protestou Binu. "Estava só passando."

"Esta floresta pertence ao chefe Hengming, e esta não é uma estrada pública. Quem lhe deu permissão para vir aqui?" O cavalariço encarava Binu com raiva. "Oito ou nove de cada dez pessoas que passam por aqui são assassinos. Se não tomar cuidado, as autoridades vão pegar você e cortar sua cabeça!"

"Não sou nenhuma assassina, sou da aldeia do Pêssego." Binu aproveitou a luz tênue lançada pela lanterna para examinar de perto o rosto do cavalariço. "Posso dizer, pelo seu sotaque, que você é da montanha do Norte. Conhece um homem da aldeia do Pêssego chamado Wan Qiliang? Sou a mulher dele."

"Montanha do Norte? Onde fica isso? E quem é Wan Qiliang? Não posso deixar você entrar no estábulo, não importa quem você conheça. O período do Orvalho Branco chegou, e estes cavalos vão ter de ir até a cidade entregar o elixir das Cem Nascentes. Se alguma coisa acontecer com qualquer um deles, a minha cabeça vai rolar!" Um olhar intrigado atravessou os olhos do velho cavalariço enquanto ele falava. Ele saiu de trás da porta e cutucou a trouxa de Binu com a foice. "Estou vendo que veio desarmada. O que você, uma mulher sozinha, está fazendo na floresta a esta hora?"

"Velho", respondeu Binu, "eu não tinha planejado entrar na floresta. Estou a caminho do Norte, e este é o único jeito de chegar até lá."

"Todo mundo está indo para o Sul. Por que você está

indo para o Norte? Nem os homens se atrevem a ir para o Norte. Como é que uma simples mulher tem coragem de fazer isso?" O velho cavalariço ergueu uma tocha para ver o rosto de Binu, avaliando-a com uma expressão cheia de dúvida. "Posso ver que você é bem bonita, e a trouxa que está trazendo parece sólida, mas não consigo ter certeza se você é uma pessoa ou um fantasma. Dizem que quase todas as coisas bonitas que viajam à noite são fantasmas, oito ou nove vezes em dez. Estes olhos velhos já não têm mais certeza." Ele começou a resmungar, pensativo. "Estou velho e não ligo muito para o que você é. Vou supor que não é um fantasma e aconselhá-la a encontrar um lugar seguro para passar a noite. Mas não posso deixar você ficar aqui, e você não deve procurar um curral de cabras ou um chiqueiro. Esses lugares cheiram mal, e os homens que cuidam deles não a deixariam escapar de suas garras, seja você uma mulher ou um fantasma em forma de mulher. Recomendo o abrigo de cervos. Os jovens que cuidam dos cervos são órfãos e quase se transformaram eles próprios em cervos. Com eles uma mulher vai estar segura."

Binu foi então até o abrigo de cervos e encontrou um menino de olhos sonolentos do lado de fora, coçando-se com uma das mãos e fazendo xixi com a outra. De onde estava, no escuro, viu que do pescoço do menino pendia uma pequena cabaça e que um par de estranhas galhadas de cervo despontava dos cabelos empilhados sobre sua cabeça. Mas o que realmente a deixou surpresa foi que o jato de sua urina caiu bem em cima do pé dela, como um rio que encontrou seu caminho até o oceano. Quando ela se afastou para a esquerda, o jato a seguiu; ela se moveu para a direita, e o jato foi em sua direção, uma fita líquida brilhante que parecia segui-la. Ela levou a mão à frente da boca, para não assustar o menino, e correu até um monte de feno.

Era tarde demais; ele a viu e gritou: "Um fantasma! Tem um fantasma escondido no monte de feno!".

De trás do monte de feno, Binu falou: "Eu não sou nenhum fantasma. Sou uma mulher da aldeia do Pêssego." Mas antes que conseguisse se explicar melhor, um enxame de meninos irrompeu do abrigo de cervos.

"Tragam uma tocha!", gritou um deles. "Fantasmas têm medo de fogo."

"Cuidado para não causar um incêndio", disse outro. "O chefe Hengming o faria se arrepender amargamente. Vá pegar uns porretes. Vamos todos perseguir o fantasma com porretes!"

Binu sabia que estava encurralada. Saiu de trás do monte de feno e, tentando sorrir, perguntou: "Crianças, quem de vocês já ouviu falar em um fantasma viajando com uma trouxa em cima da cabeça? Eu não sou um fantasma. Sou da aldeia do Pêssego e estou a caminho da montanha da Grande Andorinha. Sou a mulher de Wan Qiliang da aldeia do Pêssego".

Em um tom que soava experiente, um dos meninos perguntou: "Quem é Wan Qiliang? Eu conheço todos os cortesãos do chefe Hengming, e nenhum deles se chama Wan Qiliang".

Um menino com ar de inteligente disse com voz aguda: "Prove que não é um fantasma. Ouvi o vento seguindo você quando andou".

"Era o barulho da minha roupa. Tenho comido no vento e dormido no orvalho, e emagreci. As minhas roupas agora estão muito mais frouxas e, quando eu ando, o vento sopra através delas."

O menino com a cabaça pendurada no pescoço vinha encarando a trouxa de Binu, curioso sobre o que tinha lá dentro. "Fantasmas às vezes viajam com trouxas na cabeça, e as trouxas estão cheias de ossos humanos. Você diz que não é um fantasma; então jogue sua trouxa para cá e deixe-me ver se ela não tem nenhum osso!"

Os amigos aplaudiram a sugestão. "Rápido, jogue a trouxa para cá", disseram.

Binu recuou, balançando a cabeça e segurando a trouxa bem junto ao peito. Isso só fez aumentar a curiosidade dos meninos. "Revistem!", gritou um deles. "Revistem a trouxa dela." Silhuetas negras já estavam avançando para ela antes mesmo de o som se extinguir. Então os meninos se jogaram em cima dela, e Binu viu que os movimentos deles eram os mesmos saltos compridos dos cervos.

Com cheiro de cervo nas narinas, Binu gritou, desesperada: "Tem um sapo venenoso dentro da minha trouxa".

Eles estacaram, da mesma forma que um cervo estaca quando ouve um assobio. Compreendiam a ameaça representada por um sapo venenoso. "Mentirosa!", exclamaram. "Somente uma feiticeira viaja com um sapo venenoso."

"Eu *sou* uma feiticeira", ela disse.

Um dos meninos, sentindo que estava sendo enganado, disse aos outros: "Primeiro ela é um fantasma, depois uma mulher casada e de respeito, e agora é uma feiticeira".

Outro exigiu provas. "Você diz que tem um sapo venenoso. Bem, pode chamá-lo, não estamos com medo!"

"Não estou mentindo para vocês", disse Binu. "Meu sapo venenoso está neste exato momento dentro do fosso em volta do Terraço das Cem Nascentes, procurando seu filho."

Binu se confundira com a própria explicação. Quando

olhou para um lado e depois para o outro, os meninos perceberam que estava inventando aquilo. Levaram as mãos em concha às orelhas e precipitaram-se qual cervos em sua direção, com os olhos cravados na trouxa. Embora fossem apenas meninos, e além de tudo magros como varapaus, não tiveram dificuldade para arrancar a trouxa de Binu e abri-la com um rasgão. As cinco moedas escondidas no compartimento secreto da roupa de inverno se espalharam pelo chão enlameado, arrancando vivas empolgados dos meninos. Binu viu o casaco de inverno de Qiliang sair voando no ar como um pássaro assustado, e em seguida pousar no chão, onde foi agarrado por vários pares de mãos. Alguns brigavam pelas mangas, outros pelas lapelas. A boina acolchoada de Qiliang foi parar na cabeça de um dos meninos, somente para ser arrancada e vestida por outro. A faixa de Qiliang zunia pelo ar, descontrolada.

Binu deu o grito mais alto de que foi capaz e viu o som agudo da própria voz fazer as estrelas acima das copas das árvores se remexerem no céu. Só conseguiu dar esse único grito. O som acompanhou o casaco de inverno de Qiliang, que voava de um menino para o outro, enquanto o corpo de Binu desabava no chão; ela estava se ajoelhando diante dos meninos, mas de nada adiantou, pois eles pularam por cima de seus ombros e de sua cabeça. Ela se pôs de pé novamente, cambaleando, mas foi inútil, pois não era bastante rápida para alcançar meninos que corriam feito cervos. As pernas nuas deles zuniram pela floresta; estavam possuídos por uma loucura de prazer desmesurado. Com o que lhe restava de forças, Binu segurou um dos meninos pela perna.

"Vocês não podem tirar minha trouxa. Os céus vão matar vocês!"

Mas teve de engolir as palavras; a perna que segurava ainda tinha um truque guardado na manga. O menino deixou-a segurá-lo por alguns instantes antes de se desvencilhar com agilidade, deixando atrás de si apenas uma risada orgulhosa enquanto desaparecia na escuridão.

Binu não conseguia ver sua trouxa em lugar nenhum; via apenas as estrelas caminhando pelo céu e as sombras da floresta ondulando no escuro. Abaixou-se e rezou para a escuridão, mas não parou para decidir se rezava para o céu ou para a terra, para os meninos ou para Qiliang. Porém, antes de escutar as palavras da própria prece, caiu inconsciente no chão.

# Meninos-cervo

Os meninos arrastaram Binu desacordada até o abrigo de cabras, acordando o pastor, que pegou um porrete para se preparar para o que quer que fosse aquilo. Ao ver Binu, contudo, ele largou o porrete, jogou a cabeça para trás e riu. "Achei que tivessem pegado um cervo selvagem", disse. "Mas em vez disso vocês me trouxeram uma prisioneira humana, jovem e bonita ainda por cima." Tentou mandar os meninos embora, mas eles se recusaram a abandonar a presa.

"Seu pastor fedido", disseram, "sabemos em que você está pensando, então nem adianta vir com segundas intenções. Fomos nós que capturamos esse fantasma, e ainda não o interrogamos."

O pastor de cabras olhou com anseio para a mulher junto ao monte de feno. Depois de examinar-lhe os cabelos, os lóbulos da orelha e o pulso, anunciou, confiante: "Ela tem pulso e suas orelhas estão quentes. É uma mulher, não um fantasma".

Um dos meninos chegou perto, arrastando infeliz a trouxa atrás de si. "Aqui não tem nenhum sapo, nem cascos de tartaruga", disse. "Nem mesmo um osso de galo! Ela mentiu para nós; não é nenhuma feiticeira."

"Só há um jeito de saber: tocando", disse o pastor. Enfiou a mão debaixo do casaco de Binu, atraindo a atenção libidinosa dos meninos, que correram para olhar e rir. "Isto aqui não é nada de mais", continuou ele. "Nunca viram como o chefe Hengming inspeciona suas mulheres?" Manteve a mão sob o casaco de Binu, com ar solene. "Vocês não sabem", disse, "mas há homens por aí que se vestem de mulher para não serem conscritos; já que não sabemos de onde veio esta aqui, preciso descobrir se ela é mesmo uma mulher de verdade."

A roupa empoeirada de Binu foi rasgada, e o pastor segurou seus seios pálidos. "Mas que belos exemplares", disse. "Parecem duas cuias. O chefe Hengming diz que mulheres que nunca amamentaram têm os seios em forma de cuia. Venham, cheguem mais perto. Não se parecem com cuias?"

Um pouco hesitantes, os meninos se reuniram em volta do monte de feno. "Não se parecem com cuias, parecem-se com pãezinhos", disse um deles.

Aquilo deu uma ideia ao pastor. Seus olhos se acenderam. "Bem, quer dar uma mordida, então? Venha, venha, dê uma mordida!"

Um menino foi empurrado para cima de Binu e, enquanto lutava para se levantar, sua orelha pressionou o seio dela, e aquele lado de seu rosto ficou imediatamente molhado com um líquido amargo. Seus olhos arderam, e ele ouviu um barulho que parecia não vir deste mundo. Ergueu a cabeça, intrigado, segurou a própria orelha e então se curvou para olhar os seios de Binu. Um grito chocado emergiu de sua boca: "Venham ouvir, este seio está chorando! Isto aqui são lágrimas!".

Toda mulher chora, mas os meninos acharam difícil acreditar que uma mulher desmaiada pudesse chorar pelos seios, então preferiram acreditar que o líquido fosse leite. Ao pensarem na infância, porém, lembraram-se de que o leite é branco e um pouco viscoso, não translúcido. Um dos meninos sugeriu que aquele líquido talvez fosse suor. Mas em uma noite fria de outono como aquela, em que nem mesmo um tecido grosso de cânhamo era capaz de impedir alguém de tremer, como é que ela poderia estar liberando tanto suor assim, ainda mais seminua?

O pastor mergulhou o dedo no líquido que escorria do seio de Binu. Provou e cuspiu na mesma hora. "É amargo, mais amargo do que a casca de uma árvore. Algum de vocês já provou lágrimas de outra pessoa? Venham aqui provar isto e me digam se são lágrimas."

O menino da cabaça saiu do meio do grupo e inclinou-se sobre o monte de feno para lamber um dos seios de Binu. Meneou a cabeça com ar convicto.

"Lágrimas", afirmou. "Lágrimas de mulher." Em meio a expressões de dúvida e suspeita ao seu redor, ele se mostrava calmo e seguro, perfeitamente disposto a jurar que aquelas eram lágrimas tipicamente femininas. Contou ao pastor que, na véspera de sair de casa, sua mãe havia chorado enquanto o abraçava. Algumas lágrimas tinham escorrido até sua boca e, como aquelas, eram amargas e pungentes.

Um sorriso lascivo de prazer congelou no rosto do pastor. Ele afastou a mão do corpo de Binu e disse, horrorizado: "Esta mulher deve ser uma daquelas que choram lá do Sul. Qualquer pessoa que encontrar uma mulher assim nunca mais será feliz na vida". Fez um gesto com a mão no ar enquanto um terror sem nome atravessava seus olhos. Virou-se para os meninos. "Vocês são mesmo atrevidos", gritou, "para arrastar esta desconhecida de lá para cá no meio da noite. Quem lhes disse para trazê-la até o meu barracão? Saiam daqui agora mesmo!"

Os meninos se juntaram para erguer Binu. Ela estava encharcada da cabeça aos pés. A essa altura, todos já estavam inteiramente convencidos de que o que escorria de seu corpo era um tipo estranho de lágrima, pois não apenas as haviam provado mas também as haviam examinado com olhos e ouvidos. Tinham sentido movimentos fortes dentro daqueles seios, algo parecido com soluços e gritos enraivecidos. Nervosos, lançaram um olhar mais de perto para os seios invioláveis; seus rostos exibiam o espanto e a veneração que sentiam por eles. Além do mais, os seios que choravam os deixavam intrigados com uma questão que acendeu um debate. Já tinham ouvido falar em homens brutais, que haviam rasgado as roupas das mães nos campos de fora da aldeia ou despido as próprias irmãs. Por que os seios dessas outras mulheres eram tão pacíficos? Por que aquelas mães e irmãs não choravam pelos seios? Alguém sugeriu que aquela mulher era diferente das outras, que tantos homens haviam abusado dela que ela havia chorado até seus olhos ficarem secos, forçando as lágrimas a brotar dos seios. E o que dizer de suas mãos e pés, será que eles também sabiam chorar? Seguindo a recomendação do menino que chamavam de Chanceler Cervo, carregaram Binu até perto do galinheiro, deitaram-na ali e deram início a um exame detalhado.

Um deles retirou suas sandálias de palha surradas. "Ela

andou tanto que seus pés estão cobertos de bolhas", relatou. "Mas não há nenhum líquido."

Outro segurou a mão de Binu e vasculhou cada centímetro, nas palmas e nas costas. "As mãos dela parecem as de um cadáver", anunciou. "Estão geladas."

Tristonho, o Chanceler Cervo ordenou: "Sacudam a mão dela, remexam seus dedos dos pés, vejam se sai alguma lágrima".

Os dois meninos cumpriram as ordens. Ao fazê-lo, o rosto deles se encheu de medo, e um galo começou a cacarejar por causa da confusão do lado de fora. Riachos de lágrimas começaram a escorrer das bolhas nos pés de Binu, e as palmas de suas mãos ficaram subitamente encharcadas.

Aquela criatura enigmática e triste fez os meninos gritarem e dar vivas de pura alegria. Depois de se acalmarem, começaram a ver mais possibilidades. Haviam descoberto um tesouro escondido na forma de uma mulher que passara por ali. Cada um tinha suas próprias ideias, e nenhum deles conseguia se afastar de Binu e voltar ao abrigo de cervos para dormir. O menino da cabaça lembrou aos outros que fora ele quem descobrira aquela mulher mística. Ficaram de vigília em volta de Binu, respeitosos, ávidos, como se ela fosse uma mina de ouro viva.

Com o cacarejar confuso dos galos ao fundo, debateram qual seria a melhor forma de se beneficiar de sua cativa. Alguém — difícil dizer quem foi — sugeriu vendê-la para a trupe de comediantes da cidade do Algodão. Sua sugestão foi rejeitada pelo General Cervo e pelo Chanceler Cervo: o General Cervo chamou de burra a pessoa que fizera tal sugestão. Por que diabos alguém iria comprar uma mulher para os outros poderem vê-la chorar? O Chanceler Cervo disse que, se fossem fazer mesmo negócios, deveriam ir até o fim. O chefe Hengming falou, disse ele, que todas as pessoas especiais e outros tesouros devem ser levados ao Terraço das Cem Nascentes, e que o doador será bem recompensado. Disse que o chefe Hengming dispunha de mais de novecentas pessoas trabalhando em sua corte. Algumas tinham talentos úteis em emergências. Outras eram músicos, enxadristas, calígrafos ou artistas experimentados. Havia também assassinos e carrascos, bem como palhaços capazes de modificar a própria expressão quando quisessem; mas alguém capaz de verter lágrimas pelos seios, pelas palmas das mãos e pelos dedos dos pés seria um atrativo especial para o chefe Hengming. Essa sugestão foi aprovada pelos meninos por unanimidade. O único possível problema era o fato de Binu ser mulher. Havia muitas mulheres no Terraço das Cem Nascentes, mas todas faziam parte da família ou do séquito do chefe Hengming, ou então eram cantoras e mulheres da vida. Os meninos não tinham certeza se o chefe Hengming aceitaria uma mulher para trabalhar em sua corte.

Com Binu ainda deitada ali, desmaiada, os meninos tentaram decidir a melhor maneira de apresentá-la no Terraço das Cem Nascentes antes de o chefe Hengming sair para sua caçada matinal. Caso ele a aceitasse, teriam garantida uma generosa recompensa. Não queriam carne de porco nem moedas; o que queriam era autorização para entrar no Terraço das Cem Nascentes e se tornar palafreneiros do chefe Hengming. Conheciam meninos-cervo com sorte que já haviam conseguido entrar no Terraço das Cem Nascentes para se tornar palafreneiros, e muito embora fossem os mais reles de todos os funcionários da corte, e sua condição não lhes permitisse comer nem viajar com o chefe Hengming, mesmo assim era uma forma certa de ter comida para comer e roupas para vestir, e de não ter preocupações. Era a vida pela qual ansiavam, e aquela mulher desacordada poderia muito bem ter lhes trazido sorte, uma sorte grande caída do céu sobre suas cabeças. Com a esperança a acender seu rosto, os meninos amarraram Binu a uma prancha de madeira e partiram rumo ao Terraço das Cem Nascentes.

# A ponte levadiça

"Pegamos uma chorona! Lá vem uma chorona! Lá vem uma chorona!"

Do outro lado do fosso, a ponte levadiça continuava silenciosa em meio aos gritos dos meninos, aos chamados agudos de um rebanho de cervos. Depois de algum tempo, o barulho atraiu a atenção de dois trabalhadores ocupados na ponte. Porém, por mais incrível que fosse a descrição da mística Binu feita pelos meninos, uma mulher capaz de verter lágrimas por todas as partes do corpo, os trabalhadores não apenas se recusaram a baixar a ponte levadiça mas também xingaram os meninos-cervo de todo tipo de nome, dizendo que eram ainda mais burros do que cervos de verdade. Além do mais, uma chorona? E daí? Abaixavam a ponte levadiça para homens-cavalo a galope, para pessoas-pássaro que cantavam lindas canções e para pessoas em cujo rosto sempre estivesse estampado um sorriso radiante. Mas a ponte estava fora do alcance de uma chorona. Um velho que trabalhava na ponte aproximou-se e deu um bom conselho aos meninos-cervo: por maior que fosse a rede do chefe Hengming para capturar talentos do mundo todo, ele nunca iria aceitar uma chorona — alguém que só fazia chorar, chorar e chorar — em sua corte. As lágrimas de uma mulher iriam destruir o *feng shui* do Terraço das Cem Nascentes. Ele também aproveitou a oportunidade para reclamar do declínio da moral pública: "Todas as pessoas que não têm mais para onde ir tentam vir trabalhar na corte do Terraço das Cem Nascentes", falou, "para poder comer de graça. Até uma mulher que não sabe fazer nada senão chorar acha que pode entrar no Terraço das Cem Nascentes!".

Mas os meninos-cervo, ainda segurando Binu no alto, recusaram-se a ir embora. Com vozes muito agudas, argumentaram a favor do seu caso: "Muitas mulheres que só sabem cantar e dançar conseguem entrar no Terraço das Cem Nascentes, então uma chorona capaz de verter lágrimas pela palma das mãos e pelos dedos dos pés deveria poder entrar na mesma hora".

Os trabalhadores da ponte riram. "O que vocês sabem da vida, crianças? As mulheres conseguem entrar no Terraço das Cem Nascentes porque são boas em rir, não em chorar. Se uma mulher quiser fazer o chefe Hengming feliz, além de cantar, dançar, dar prazer ou entretê-lo com habilidades especiais, há várias outras coisas que ela pode fazer, coisas que vocês nunca vão entender."

Espantados com os comentários do homem, os meninos ainda tentaram convencê-lo. "Venham, vejam vocês mesmos. Os cabelos dela estão empapados de lágrimas. Seus dedos dos pés e suas mãos vertem lágrimas."

Um deles estendeu a mão e apertou o seio de Binu para provocar os trabalhadores da ponte. "Venham ver isto aqui. Até os seios dela são capazes de verter lágrimas!"

As palmadas frenéticas acordaram Binu, e ela percebeu que suas roupas tinham sido removidas para expor seus seios. Depois de todas as dificuldades por que passara, seu corpo todo empoeirado fora exposto por um bando de meninos-cervo curiosos. Seus toques brutais, imitando o comportamento dos cervos, era ainda pior do que ser roubada. Sentiu uma leve dor no baixo-ventre, e um de seus seios expostos vertia lágrimas de vergonha. Estava praticamente se afogando em lágrimas. Sua trouxa mostrava-lhe ódio: "Você tem mãos tão hábeis, e não consegue nem segurar uma simples trouxa!". Seus seios a recriminavam: "Todas aquelas roupas enroladas tão apertadas em volta do seu corpo, e você deixa esses meninos nos tocarem com suas mãos sujas". Ouviu os meninos chamando-a de chorona e pensou se haveria derramado todas as suas lágrimas enquanto estava desacordada. Bem amarrada com cordas, podia sentir como havia se tornado leve; era como se seu corpo, subjugado de vergonha, estivesse tentando se desprender dela. Quando recuperou a consciência, foi aos poucos percebendo que, embora em sua mente ainda estivesse na estrada, suas pernas exaustas se recusavam a fazer o que ela mandava. Sabia que sua jornada fora interrompida, e também que perdera sua trouxa, e que cair desmaiada no auge de seu tormento lhe trouxera um gostinho de tranquilidade. No meio dessa estranha tranquilidade que parecia um sonho, a própria Morte fora visitá-la; uma cabaça caíra pela escuridão, fazendo lágrimas espirrarem no ar, e ela vira a si mesma na morte. Alguém segurando uma cabaça junto ao peito havia pairado no ar ao romper da aurora, e ela não sabia dizer se a cabaça estava guiando a pessoa ou se a pessoa é que estava puxando a cabaça consigo. Não conseguia ver com clareza, mas sabia que era a Morte, e que a Morte a esperava.

Sua mente se desanuviou e ela compreendeu que nem sequer havia deixado a região de Nuvem Azul, e que agora iria morrer. Lembrou-se da predição das feiticeiras da aldeia dos Gravetos. Elas lhe haviam dito que ela morreria pelo caminho, e ela estava preparada para isso. "Se tiver de ser assim, que seja! Estou fadada a encontrar alguém decente mais cedo ou mais tarde, e implorarei a essa pessoa que entregue minha trouxa a Qiliang", dissera, pensando que morreria feliz. Mas ver a Morte assim tão no início de sua viagem a pegara de surpresa e fizera-a se perguntar se iria morrer nas mãos daqueles meninos. Ergueu os olhos para as estrelas. Algumas das cabeças dos meninos estavam inclinadas em sua direção, escondendo a maior parte do céu, e ela podia sentir nas faces seu hálito quente. Ouviu-os comemorar.

"Ela acordou. A chorona acordou!"

Binu distinguiu um cheiro forte de cervo. A Morte tinha ido se postar entre aqueles meninos, e ela se esforçou para reconhecê-la através da barreira do seu sonho. Quem estivera segurando a cabaça no sonho? A luz das estrelas dançava sobre o rosto dos meninos. Qual deles seria a Morte?

"Eu vou morrer logo, então me desamarrem e encontrem um túmulo virado para o sol onde possam me enterrar", implorou-lhes. "Vai ser melhor assim, já que não posso mais prosseguir nesta estrada tortuosa. Plantem uma trepadeira de cabaças sobre o meu túmulo. Quando Qiliang a vir a caminho de casa, saberá que sou eu. E, mesmo que ele no início não a veja, a trepadeira irá se espalhar pela estrada e fazê-lo tropeçar. Então ele saberá."

Os meninos-cervo ficaram olhando para Binu ali amarrada e exclamaram: "Ninguém vai enterrar você. Você é uma chorona". Mas a sua pronta aceitação da morte os deixou intrigados, então eles tornaram a conversar entre si, tentando decidir se ela era louca. De repente, o Chanceler Cervo gritou para o outro lado do fosso: "A chorona está morrendo. Se não abaixarem logo a ponte levadiça, vão perder a oportunidade de ver as lágrimas dela". O grito ficou sem resposta. Os meninos-cervo ficaram olhando para a ponte levadiça, com a paciência quase esgotada. A ponte não descia.

"Abra os olhos e veja onde está. Isto aqui é o Terraço das Cem Nascentes", berrou o General Cervo para Binu, "não um lugar onde você pode cavar um túmulo onde quiser. O chefe Hengming passa por aqui montado em seu cavalo todos os dias."

"Então levem-me até o fosso. O chefe Hengming anda pela estrada, mas com certeza não é capaz de andar pela água. Joguem-me dentro d'água e vejam-me afundar abaixo da superfície. Se uma cabaça surgir boiando, é porque estou morta. Isso vai tornar tudo mais fácil para vocês e para mim."

"Quem se atreveria a jogar você na água? Esse fosso pertence ao chefe Hengming, é o canal real do Terraço das Cem Nascentes, e é proibido jogar cadáveres. O chefe Hengming preza muito a limpeza. Você percebeu que não há uma só galinha ou rato morto boiando nessa água? Um cadáver humano seria impensável!"

"Então levem-me até a estrada, encontrem um lugar onde a terra esteja solta e eu enterrarei a mim mesma."

"Você não é nenhuma minhoca para entrar sozinha debaixo da terra. Não pode enterrar a si mesma."

"Vocês não me oferecem nem uma estrada para a vida nem um caminho para a morte. O que vão fazer comigo?"

Os meninos-cervo não sabiam o que fazer com sua presa. Ficaram debatendo durante muito tempo, até o General Cervo anunciar solenemente para Binu o lugar onde ela passaria a noite. "O chefe Hengming não vai aceitá-la, então vamos levar você até o Rei Cervo. O Terraço das Cem Nascentes pode não querer você, mas o nosso Rei Cervo com certeza quererá!"

# O túmulo do Rei Cervo

Carregaram Binu até bem dentro da floresta, onde aparentemente morava o Rei Cervo.

Binu suplicou que a deixassem descer da prancha de madeira. "Não vou causar problemas nem vou tentar fugir", disse. "Afinal de contas, o que quer que eu faça, vou morrer. Por favor, ponham-me no chão e deixem-me andar. Só o que anda amarrado assim são os animais a caminho do matadouro."

Houve alguns instantes de silêncio, seguidos por um coro de: "Não, você é uma oferenda sacrificial, e as oferendas sempre andam amarradas a uma prancha".

Logo chegaram a um pequeno monte de terra: o túmulo do Rei Cervo. Várias oferendas sacrificiais estavam empilhadas na frente: um osso de boi, uma fechadura de bronze, uma concha, um estilingue e alguns pássaros mortos e secos. Um espantalho alto, vestido com uma capa de folhas de palmeira esgarçadas, estava espetado torto ao lado do monte de terra, com uma flecha na mão. Aparentemente, era o guardião do túmulo. Porém, agora que tinham Binu, o espantalho foi derrubado no chão onde o General Cervo pisoteou-o, dizendo: "Você falhou ao vigiar o túmulo do Rei Cervo. Está vendo como os pássaros devoraram a grama em volta?".

O General Cervo sacou uma corrente e disse aos meninos-cervo para libertarem Binu da prancha de madeira. Antes de ela sequer conseguir mexer as pernas, um dos meninos passou a corrente com violência em volta delas e acorrentou-a a uma árvore. O General Cervo ouviu-a dar um grito. "Não tenha medo", disse. "Esta corrente permite que você dê dez passos, o bastante para chegar à beirada da floresta e colher frutas silvestres. Não use o túmulo do Rei Cervo como banheiro. Use a floresta. O Chanceler Cervo estará por perto para ajudá-la. Há javalis selvagens na floresta. Não os deixe cavoucar perto do túmulo à procura de raízes, não deixe pássaros aterrissarem nela, e não coma todos os frutos que colher; deixe alguns como oferendas sacrificiais."

Então aquele era o lugar que os meninos haviam escolhido para ela. Binu estava com medo não da morte, mas daquele lugar bizarro. Começou a gritar e debateu-se com fúria para tentar se soltar das correntes que a prendiam. Porém logo foi cercada pelos meninos-cervo, que a imobilizaram com suas pernas finas porém fortes e fizeram-na parar de se debater.

Ocorreu a Binu que aquilo no final das contas não eram crianças, e sim um verdadeiro rebanho de cervos. Ou então, se não eram cervos, tinham coração de cervos. Um coração humano é capaz de comover outro coração humano, mas como ela iria comover os corações de um rebanho de cervos? Gritou bem alto, chamando o nome de Qiliang.

Aquele som triste fez o relento pingar no chão. Seus gritos fizeram cair e secar as folhas, mas nem assim os corações duros dos meninos se comoveram.

O General Cervo lançou-lhe um olhar de desdém. "Qiliang é seu marido?", perguntou. "De que adianta chamar o nome dele? Se ele aparecesse aqui, nós o acorrentaríamos na árvore ao seu lado."

Teimosa, Binu continuou chamando o nome de Qiliang e ouviu o velho olmo atrás de si gritar: "Qiliang! Qiliang! Qiliang!". Então um estalo ecoou no ar da noite: o galho do olmo se partiu em dois e desabou em cima do General Cervo.

Com um tremor convulso, ele se livrou do galho indesejável e exclamou, alarmado: "O que essa mulher está gritando?", quis saber. "Os gritos dela partiram um galho!"

O Chanceler Cervo recolheu o galho e examinou as gotas de orvalho que o cobriam. "Não foram os gritos que o partiram, foi o choro. Este galho está coberto com as lágrimas dela."

Nesse instante, os meninos foram tomados por um terror inexplicável, do qual veio a certeza de que precisavam impedir a mulher de gritar. Seus gritos eram tão agudos que rodopiavam pela floresta, assim como os gritos de suas mães quando chamavam os espíritos dos filhos doentes para que voltassem da montanha. Os gritos de Binu haviam aberto a porta de suas lembranças; viram-se recordando as mães, onde quer que estivessem, e isso os levou a pensar em casa, e por conseguinte nas malditas virtudes que detestavam — consciência, dever filial, integridade moral, todas as coisas que os meninos-cervo livres desprezavam. Para deter essas lembranças, precisavam deter os gritos de Binu.

O Chanceler Cervo recolheu uma fita de cânhamo da cova e enfiou-a dentro da boca de Binu. "Pronto, pode gritar", falou. "Basta eu enfiar o cânhamo com mais força." O orvalho do olmo chovia sobre o Chanceler Cervo, que reclamou bem alto que a sua galhada de cervo estava doendo muito e prestes a despencar. O General Cervo afastou-se da árvore, protestando que, quando pisara em uma folha caída, dores agudas haviam subido por sua perna, e que vários meses aprendendo a saltar como um cervo estavam prestes a ser esquecidos em um único dia. Os outros meninos-cervo haviam tido várias reações desagradáveis. A mão de um deles ainda percorria o próprio peito, como se buscasse o local onde ficava o coração; uma lágrima brotara do canto do olho de outro.

Depois de terem feito Binu se calar, os meninos pareceram se recuperar e saíram pulando. Pararam depois de alguns pulos, viraram-se e estudaram de perto o rosto dela, esperando ansiosamente alguma coisa acontecer. Com a voz silenciada, os olhos de Binu tornaram-se um perigo latente. Estavam o mais abertos possível, e as pupilas refletiam a semiescuridão da madrugada antes da aurora, parecendo livres de qualquer vestígio de ressentimento ou raiva. Fizeram os meninos pensarem nos olhos das mães, embora os de Binu irradiassem uma luz aguada, sinal evidente de que as lágrimas estavam prestes a correr. Lágrimas de seus seios, das palmas de suas mãos e dos dedos de seus pés haviam-nos deixado surpresos e encantados, mas as lágrimas de seus olhos fizeram com que entrassem em pânico.

"Lágrimas! Lágrimas! Os olhos dela estão cheios de lágrimas! Não a deixem olhar para nós. Cubram os olhos dela!"

Correram, arrancaram a faixa da roupa de Binu e passaram-na em volta de seus olhos, mas isso não teve efeito nenhum sobre as lágrimas, que escorriam de suas faces como um rio, gotas cristalinas que respingavam de leve no rosto dos meninos. Incomodados por um forte pressentimento de que as lágrimas de Binu estivessem contaminadas com maldições, os meninos tentaram sair do caminho, pulando, gritando e enxugando as lágrimas, mas era tarde demais. Todos foram acometidos por um ataque de tristeza, acompanhado por uma intensa saudade de casa — uma aldeia distante, um cão, um par de cabras, três porcos, colheitas nos campos, os rostos indistintos de pai e mãe, irmã e irmão. Todos esses pensamentos adentraram com alarde o mundo das lembranças deles. As galhadas caíram de suas cabeças. Eles seguraram os narizes e taparam os olhos, mas era tarde demais: uma tempestade de lágrimas brotou, descontrolada, de dentro de cada um. Binu foi esquecida, e eles começaram a gemer de modo comovente.

O General Cervo curvou-se na cintura e gritou em direção à margem do rio, enquanto lembranças de outro rio tomavam forma em sua mente. A choupana de telhado de sapê que ele chamava de casa ficava à margem de um rio. Seu pai pescava na margem oposta, enquanto sua mãe lavava roupa na mais próxima. E ele chorou e chorou até ouvir a irmã chamar seu nome da choupana. "As batatas-doces estão cozidas. Venha para casa comer."

O Chanceler Cervo chorou diante de uns crisântemos selvagens, viu-os se transformar em bambus pintados, e de dentro do bambuzal saiu voando uma rolinha. Ele correu atrás do passarinho e acabou com a mão cheia de pétalas de crisântemo. Abrindo a mão, exclamou: "Rolinha, onde está minha Rolinha?".

Outro menino chorou diante de uma árvore e lembrou-se de quando havia sido aprendiz de ferreiro. Depois de seu mestre fabricar uma enxada, um ancinho ou uma foice, ele era responsável por serrar o comprimento apropriado de madeira e prendê-lo como cabo. Nessa época ele se alimentava bem, mas sua barriga não era tão grande quanto agora.

O último menino-cervo era o da cabaça pendurada no pescoço, e ele chorou diante da prisioneira acorrentada, que lhe lembrou sua mãe, depois sua avó e sua irmã mais velha. Enquanto chorava, ele chamava: "Mãe! Avó! Irmã!". Binu, ainda amordaçada, não respondeu, e o menino arrancou-lhe a mordaça da boca com sofreguidão e tornou a chamar: "Mãe!".

Três dos meninos subitamente tornaram a se lembrar do caminho de casa. Um deles disse que queria ir para o leste, voltar para casa e comer batatas-doces. Outro disse que queria atravessar o passo de Nuvem Azul e voltar para sua choça na montanha. O terceiro disse que queria voltar para junto do ferreiro da cidade do Algodão e prender cabos em enxadas. Antes de o sol raiar, saíram apressados da floresta. Somente o menino da cabaça ficou vigiando Binu. Era jovem demais para se lembrar do caminho de casa, então retirou a faixa que cobria os olhos dela, rompeu a corrente com uma pedra e lhe disse: "Levante-se, pode se levantar. Pode ir para casa, também".

Banhado em lágrimas, o rosto de Binu estava iluminado pela luz branca do sofrimento, que fazia arder seus olhos. Ela os ergueu para os galhos do velho olmo e perguntou ao menino: "O que é isto no meu rosto? É orvalho que caiu da árvore?".

"Como assim, orvalho?", perguntou ele. "São lágrimas dos seus próprios olhos."

"O que vocês, meninos, fizeram para deixar minhas lágrimas assim com tanta raiva? Na aldeia do Pêssego, quando as lágrimas correm dos olhos de alguém, a morte dessa pessoa não está muito longe. Criança, esta sua irmã maior está à beira da morte!"

Ela olhou para a cabaça que pendia do pescoço dele e seus olhos se acenderam, mas só por um instante. Ela estendeu a mão e beliscou sua bochecha; ele afastou-lhe a mão. Ela o fitou, e um sorriso triste surgiu nos cantos de sua boca. "É você", disse. "Não é de espantar que tenha ficado para trás junto comigo. E não é de espantar que carregue uma cabaça. Criança, eu já vi você em sonho. Você vai me enterrar e vai cobrir o meu túmulo, pois você é o meu coveiro."

"Como assim, cobrir o seu túmulo?" O menino estava atônito. "Você está muito viva", falou. "Como é que eu posso ser o seu coveiro? Você quer ser enterrada viva?"

"Foi a Morte quem mandou você para ficar comigo, criança", disse Binu. "Ela está aqui. Agora que entrei na floresta, nunca mais vou chegar à montanha da Grande Andorinha. E de que adiantaria chegar, se perdi minha trouxa e meu coração está partido? O que poderei dar a Qiliang se conseguir encontrá-lo? Você, criança, é o meu coveiro. Vá até o barracão de ferramentas e traga uma pá. E uma enxada."

# Abrir a cova

A aurora estava chegando. Binu ficou sentada debaixo da árvore esperando a Morte. Os contornos escuros de velhas árvores se desenhavam no céu azul, e um cheiro sutil, pungente, de musgo e vinhas se espalhava pelo ar. O céu, rachado por galhos de árvore aleatórios, iluminava alguns pontos, mas mantinha outros escondidos e escuros. Sentada debaixo da árvore, Binu tornou a se lembrar, ressentida, da predição das feiticeiras da aldeia dos Gravetos. Por que não haviam lhe dito que a Morte chegaria tão depressa para ela, antes mesmo de ter saído da região de Nuvem Azul, antes até de conseguir pousar os olhos na montanha da Grande Andorinha, e, pior de tudo, antes de poder ver Qiliang? Durante a viagem, ouvira alertas sobre matilhas de lobos, cobras venenosas e homens barbados, mas nenhuma palavra sobre crianças, crianças aterrorizantes, metade homem, metade cervo. Aquelas crianças haviam despertado os canais lacrimais de Binu por meio de uma inocência infantil demoníaca. Aquilo era o seu fim. Todos os moradores da aldeia do Pêssego sabiam que, quando lágrimas escorrem dos olhos de alguém, esses olhos logo irão se fechar para toda a eternidade.

Um rebanho de cervos cinzentos emergiu das sombras lançadas pelas árvores e rodeou o túmulo do Rei Cervo. Estudaram a mulher debaixo da árvore com olhos atentos. Um dos cervos, aparentemente o líder, aproximou-se e examinou as correntes partidas, logo vendo que não eram nenhuma arma. Cutucou Binu de leve com a galhada. Quando a cutucou uma segunda vez, ficou claro que os cervos a consideravam uma intrusa e queriam tirá-la de seu território.

Depois de ver que aquele era um cervo de verdade, ela disse: "Cervo, para onde você quer que eu vá? Deixe-me ficar sentada aqui um pouquinho. Não terei de ficar muito tempo até a Morte vir me chamar".

O dia estava prestes a raiar, e sons humanos emergiam de fora da floresta, onde os moradores do Terraço das Cem Nascentes estavam saindo da cama, mas Binu fechou os olhos, exausta; havia se acostumado a abraçar a trouxa antes de ir dormir, porém agora não havia nada para segurar. Apalpou o chão à sua volta com as duas mãos e tocou as correntes soltas a seu lado. Pegou-as e ouviu a grama do túmulo do Rei Cervo farfalhar para lá e para cá, fazendo-a se perguntar se um fantasma desconhecido estava escondido na grama. Pôde ver de forma indistinta o vento erguer montinhos de poeira e depois lufadas de fumaça azul enquanto uma criança de galhada na cabeça emergia do túmulo. Tinha os olhos límpidos e a pele coberta de penugem de um cervo. Apontou para o túmulo e disse a Binu: "Pare de reclamar e venha comigo para o meu túmulo".

A única gentileza que alguém oferecera a Binu na floresta vinha de uma aparição à beira de um túmulo. Aquilo a deixou suficientemente assustada para dar meia-volta e sair correndo em direção ao abrigo de cervos, onde o barulho de meninos pulando pela floresta já havia começado. Imaginou se o menino da cabaça já teria esquecido de ir buscar a pá e a enxada. Ele era o seu coveiro, iria cobrir seu túmulo, e ela sabia que precisava encontrá-lo. Correu enquanto os primeiros raios do sol da manhã a alcançavam através das árvores lá em cima, chorando nas mãos que lhe cobriam o rosto. Uma tempestade de lágrimas brotou do chão da floresta, e poças d'água se formaram no chão onde a barra de seu vestido encostava, e todas as folhas e galhos mortos, e toda a hera murcha e os cogumelos selvagens foram tocados pela tristeza da jovem do Sul.

Ela logo viu o seu coveiro, carregando uma enxada e uma pá grande por cima do ombro enquanto percorria a floresta à sua procura. "Já é quase dia", disse o menino entregando-lhe a enxada. "Por que não aproveita que ainda está escuro para morrer? Agora que o sol está raiando, todos vão acordar e vê-la, onde quer que você cave."

Pegadas humanas e de cervos eram visíveis por todo o chão enlameado; havia sinais de um buraco cavado ao lado de uma camada de folhas caídas. Ela parou — não conseguiu se conter — e começou a arranhar o chão com a enxada. Adivinhou o que os meninos-cervo haviam enterrado ali, e um fio de esperança, por mais ilusório que fosse, nasceu dentro dela: talvez conseguisse recuperar algumas das roupas de frio de Qiliang, mesmo um único pé de sandália já serviria.

"Achei que você tivesse dito que queria morrer", observou o menino. "Então o que está fazendo, arranhando o chão desse jeito? Acho que você na verdade não quer morrer, e mentiu quando disse que tinha de morrer por causa de umas poucas lágrimas. O tempo inteiro queria só que eu fosse pegar uma enxada e uma pá para poder desenterrar a sua trouxa."

"Eu não estava mentindo. Só gostaria de ver algumas das coisas de Qiliang antes de morrer", disse Binu. "Não consigo aceitar o rumo que as coisas tomaram. Não tirei os olhos da minha trouxa o tempo todo que passei na estrada, evitei bandidos e bandoleiros. Mas não consegui evitar vocês, meninos."

"Não ponha a culpa em nós. Não pedimos que você entrasse na nossa floresta." A inocência fazia brilhar seus olhos. "Não vai achar nada aí embaixo. O que tinha dentro daquela sua trouxa está espalhado por toda parte. Cada um de nós escondeu o que pegou."

"Criança, vocês podiam ficar com as moedas, eu não iria me importar. Mas não deveriam ter pegado todas as roupas de frio de Qiliang. Ele é adulto, então as roupas dele não vão nem servir em vocês."

"E daí se não servirem? Podemos vendê-las no mercado." O menino ainda passou mais algum tempo olhando para Binu antes de se precipitar e arrancar a enxada de sua mão. "Use um galho de árvore se quiser desenterrar sua trouxa. Não pode usar a minha enxada. Sei que você mentiu para mim, porque todo mundo tem medo de morrer. O que torna você diferente? Se você puser qualquer um dentro de um túmulo, tudo que a pessoa vai querer fazer é sair correndo. Você está viva e com saúde, então por que iria querer cavar a própria cova? Está cavando para procurar sua trouxa, isso sim."

Binu olhou com tristeza para o menino e deu um suspiro. "Está bem, vou parar de procurar minha trouxa. Vamos encontrar um lugar de frente para o sol para abrir a cova."

O menino jogou a enxada e a pá no chão e olhou na direção do Terraço das Cem Nascentes. "Que história é essa de ficar de frente para o sol? De que isso vai adiantar? Está escutando? É a corneta anunciando a caçada da manhã. Os cavalos do chefe Hengming vão sair a qualquer minuto. Você não disse que eu era o seu coveiro? Bem, o que é que eu vou ganhar com isso, agora que sua trouxa se foi?"

"Eu fui uma cabaça na minha última vida, criança, e depois de morrer vou voltar como cabaça. Você pode pegá-la, levar para casa e cortar ao meio, e terá duas conchas. Se não quiser fazer isso, abra um buraco nela e use-a como saleiro. Pode até fazer uma lanterna com ela."

"Quem está ligando para suas conchas? Ou para os seus saleiros?" O menino grunhiu de desdém, aproximou-se e apalpou a parte interna das mangas da roupa de Binu. "Mas dinheiro pode fazer o Diabo girar um moinho. Você ainda tem alguma moeda?"

Binu tateou a roupa. "Isto é tudo que vocês me deixaram." Ao ver a decepção no rosto dele, ela ergueu o braço e retirou uma fivela de prata dos cabelos. "Pode ficar. Não vai mais me servir agora. Posso pentear meus cabelos como quiser, Qiliang nunca vai vê-los. Pode dar para sua mulher um dia."

"Minha mulher? Está achando que pode me comprar com essa bugiganga? Parece um mau negócio." Passou alguns instantes resmungando e pensando no assunto, mas acabou aceitando a fivela de Binu, que estudou de perto. "É prata mesmo? Não é nenhum truque, é?" Depois de Binu jurar que estava dizendo a verdade, o menino sorriu, relutante, enfiou a fivela dentro da orelha e girou-a, retirando uma bolota de cera. "O chefe Hengming limpa as orelhas todos os dias. Os ricos e poderosos gostam de fazer isso, então de agora em diante vou usar isto aqui para limpar os ouvidos, todos os dias sem falta!"

Para cumprir sua promessa, começou a realizar suas tarefas de coveiro. Primeiro, olhou fixamente para um espaço aberto debaixo de um pinheiro, mediu-o, e com alguns galhos esboçou um retângulo grande o suficiente para alguém se deitar quase por completo. "Afinal de contas", falou, "você vai estar morta, sem precisar cozinhar nem comer, então não vai precisar de janelas nem de portas; o calor e o frio não serão um problema, e não precisará de um teto para se abrigar dos elementos da natureza. Além do mais, você é pequena, então isto aqui vai funcionar muito bem."

Binu olhou para o esboço da cova e viu a forma difusa da Morte se erguer do retângulo, esperando ansiosamente por ela. Não estava com medo, mas, diante da iminência de passar da vida para a morte, de ser enterrada na floresta sem ninguém para erguer uma bandeira funerária nem para derramar uma lágrima por ela, sua vontade de morrer tornou-se condicional. Decidiu que, antes de morrer, iria chorar uma última vez, copiosamente. Então deu a volta no retângulo e deixou as lágrimas correrem incontidas. Seu pranto choveu sobre o chão. Seus longos cabelos pretos, não mais presos pela fivela, soluçavam bem alto apesar da liberdade recém-conquistada, derramando uma torrente de lágrimas.

"O que está fazendo?", exclamou o menino, alarmado.

"Estou rodeando meu túmulo, estou chorando sobre o meu túmulo. Ninguém mais irá lamentar a minha morte, então lamento eu."

Ele a encarou, incrédulo. "Vocês, mulheres, não conseguem deixar as coisas tranquilas, estejam elas vivas ou mortas!"

Depois de completar o ritual, ela baixou os olhos para a cova através de um véu de lágrimas e pensou em ser enterrada debaixo do pinheiro. Não ficava perto de uma estrada, nem de frente para o sol, então não era uma boa escolha, de qualquer ponto de vista. "Criança", falou, fazendo uma última sugestão, "será que não poderíamos escolher um ponto mais ensolarado em algum outro lugar? Eu vou voltar como cabaça, e neste ponto aqui não bate sol. Se depois de eu estar enterrada nenhuma cabaça conseguir crescer, o que vai ser de mim?"

"Luz do sol? Cabaça?", gritou o menino. "Eu sabia o tempo inteiro que morrer era a última coisa que você queria. Bom, pode criar caso se quiser, mas não comigo fazendo o papel da Morte."

"Não estou criando caso. Só estou preocupada que, com tantos cervos por aí, se um deles comer a semente recém-germinada não vá haver cabaça nenhuma, e eu não vou renascer. Nesse caso terei morrido por nada."

O menino jogou a enxada a seus pés, postou-se junto ao lugar do buraco, com as mãos nos quadris, e deu um muxoxo zangado: "Mentirosa! Cave a sua própria cova e enterre a si mesma! Não vou mais deixar você me tapear".

Ficaram se encarando por alguns instantes. A mulher que rumava para a morte lutava para se defender; o coveiro estava muito zangado. Um tufo de penas marrons caiu do pinheiro. O menino enfurecido olhou para cima e viu um ninho de pássaro na copa da árvore. A forma como o ninho se erguia acima da forquilha formada pelos galhos lhe deu uma ideia. "Está bem", disse, "eu conheço um lugar, um lugar onde você nunca terá de se preocupar com não ver o sol nem com cervos comerem a trepadeira. Vou amarrar você, pendurar você na árvore, e deixá-la morrer lá em cima." Seus olhos tinham um brilho cruel, frio e empolgado. Pegou a enxada, entrou na mata e cortou alguns galhos. Escolheu um, dobrou-o para testá-lo e deixou-o se endireitar com um estalo. "Você disse que queria luz do sol, certo? Bom, então vou amarrá-la à árvore. Três galhos como este aqui devem bastar para uma magrela como você."

Binu ergueu os olhos para a árvore, onde viu o ninho. "Eu não sou um pássaro", disse, "e não vou subir em nenhuma árvore! Além disso, até os passarinhos caem no chão depois que morrem. As folhas também. Como você pode pensar em me pendurar em uma árvore?"

"Foi você quem disse que eu sou o seu coveiro", reclamou o menino. "A mim só me importa a sua morte. E, se eu quiser que você morra em cima de uma árvore, é lá que você vai morrer."

Deu um passo na direção dela com o graveto na mão, e foi pego de surpresa quando Binu ergueu a enxada acima da cabeça. Embora seu rosto estivesse banhado em lágrimas, uma decisão inquestionável transparecia nele. Ela não iria morrer em cima de uma árvore, não mesmo. Até mesmo o menino podia ver que uma mulher emocionalmente exausta com vontade de morrer não iria ceder nesse ponto, e achou isso divertido. "Como é que você pode ser tão burra? Depois que morrer, não vai mais saber nada, então por que não pensar em si mesma simplesmente como um galho de árvore? Todos eles morrem em cima de árvores, não é?"

"Eu *não* sou um galho de árvore!", respondeu Binu, zangada. "Você não pode me deixar morrer no alto de uma árvore, criança!"

O menino pensou, pensou e franziu o cenho. Estava na hora de um ultimato. "Se não for *em cima* da árvore, então *debaixo* da árvore. É sua última chance. O que acha? Se não quiser, vou-me embora. Devolvo-lhe a sua fivela, e você pode encontrar outra pessoa para abrir a sua cova." Foi a vez de Binu ceder. Deu um passo em direção à árvore e estudou o toldo formado pelos galhos e folhas. "Acho que vou ter que passar sem a luz do sol. Eu não deveria ser tão exigente, criança, então não brigue comigo." Ela levantou a saia e agachou-se dentro da cova, depois tentou deitar de lado. "É grande o suficiente para eu poder ser enterrada assim", disse, ansiosa. "Você é um menino esperto, e tenho sorte de ter você para cobrir meu túmulo. Sou como a sua irmã maior, então quem mais poderia encontrar para fazer isso?"

O chão da floresta estava úmido e solto, e o barulho de sua escavação abafado e baixo. Não deveria ter incomodado ninguém fora da floresta, e com certeza ninguém no Terraço das Cem Nascentes. Então, quando um cortesão de túnica roxa veio correndo em sua direção, o menino ficou atônito. "Olho Que Vê Longe nos viu!", gritou, alarmado. "Vamos sair daqui!" Jogou a enxada no chão e fez menção de fugir, mas foi pego pelo cortesão assim que começou a correr.

Segurando o menino com uma das mãos e uma bandeira com a outra, Olho Que Vê Longe aproximou-se de Binu com um andar ameaçador. "Já tinha visto você ontem à noite perambulando pela beira do fosso. Você deve ser uma assassina."

Pendurado no braço de Olho Que Vê Longe, o menino disse: "Ela não é uma assassina, é uma chorona".

"Chorona? Eu diria que ela é uma ladra. Tem razão, ela não parece uma assassina, então deve ser ladra de árvores." Arrogante, Olho Que Vê Longe continuou: "Bastou eu olhar para o movimento das folhas para saber que havia uma ladra de árvores do outro lado do fosso. Então aqui estou, certo mais uma vez. Você veio roubar uma árvore, não veio?".

"Não sou nenhuma ladra", disse Binu, apontando para o buraco no chão. "Não estamos cavando para roubar uma árvore, e sim para enterrar alguém."

Obviamente com medo de Olho Que Vê Longe, o menino acrescentou: "Eu não decidi enterrá-la. Ela me contratou para abrir uma cova porque está cansada de viver".

Olho Que Vê Longe soltou o menino e lançou um olhar raivoso primeiro para ele, em seguida para Binu. O menino trepou depressa na árvore e olhou para Olho Que Vê Longe lá embaixo, com uma expressão de inocência consumada no rosto. De cabeça baixa, Binu mantinha os olhos fixos na cova, com um rastro de lágrimas cintilantes em cada face; suas mãos tremiam de forma incontrolável. Olho Que Vê Longe chutou um torrão de solo. "Quem vocês acham que são para abrir uma cova aqui?", esbravejou enquanto cravava sua bandeira no chão. "Digam-me uma coisa: de quem é esta floresta?" Apontou para a pantera dourada da bandeira. "Vocês podem morrer em qualquer lugar!", gritou. "Mas decidiram escolher esta floresta, uma das propriedades mais prezadas pelo chefe Hengming, lugar de notável *feng shui* transmitido de geração em geração. Nem mesmo os cortesãos podem ser enterrados aqui, então como é que uma mulher vinda não sei de onde pode esperar isso?"

As palavras ameaçadoras de Olho Que Vê Longe fizeram o menino trepar ainda mais alto na árvore. "Então onde é que ela deve ser enterrada?", gritou, segurando-se a um galho.

Com um olhar para Binu, Olho Que Vê Longe apontou para o noroeste. "No cemitério dos indigentes. Vocês parecem que não têm olhos. Anônimos mortos na rua são levados para ser enterrados no cemitério de indigentes do noroeste."

Binu olhou na direção que ele apontava. Lá longe, onde a floresta terminava, havia um trecho de céu cinzento. Era o céu acima do cemitério dos indigentes. Ela vira aquelas terras devastadas no caminho para o Terraço das Cem Nascentes, um chão coberto de vegetação rasteira e coalhado de montinhos de terra em forma de cogumelos. Corvos enchiam o céu. O lugar onde ela estava era infinitamente melhor do que o cemitério dos indigentes; ela enfiou um dedo do pé hesitante no buraco ainda mal aberto, então encarou a Morte com ar de súplica. "Desça dessa árvore, criança, e converse com este cavalheiro para mim. Tudo que eu quero é este pedacinho de terra. Por que não posso ficar com ele?"

De seu poleiro em cima da árvore, o menino resistiu, recusando-se a descer. "Por que você teve de ser tão exigente? Se tivesse me deixado fazer o meu trabalho mais cedo, já estaria enterrada. Bom, agora é tarde para se arrepender. Vá morrer no cemitério dos indigentes."

Olho Que Vê Longe tirou Binu do buraco, agarrou a enxada e, antes de ela conseguir contar até dez, o buraco já estava cheio de terra. Ele cravou a bandeira da pantera no chão ao lado dela e disse: "Por favor, não pense que sinto desprezo por você. É só que não deveria ter escolhido a floresta do chefe Hengming para ser o seu túmulo. Não se deixe enganar pela forma como todos esses meninos-cervo podem correr e pular pela floresta. Quando eles morrem, são levados para ser enterrados em outro lugar. Mesmo quando os cortesãos adoecem e morrem, não são enterrados aqui, então como é que posso lhe dar esse privilégio? Irmã maior, não seja teimosa, e não tente nenhum truque comigo. Eu sou Olho Que Vê Longe. Pergunte a qualquer pessoa, e ouvirá que eu tenho o olhar mais aguçado de todos os trezentos cortesãos do chefe Hengming. Mesmo que você se enterrasse a dez metros de profundidade, não poderia escapar do poder dos meus olhos; eu viria desenterrá-la".

Vendo que ele não se deixava comover, e derrotados pela exaustão, Binu e o menino caíram no chão e dormiram.

# A curva do rio

O badalo do sino anunciando uma caçada noturna fez Binu acordar com um sobressalto. Dormindo junto à curva do rio, ela sonhava novamente com a morte; o sino interrompeu o sonho. Acordou deitada sobre a cova cheia de terra, e a primeira coisa que viu foi um toldo de estrelas pendurado muito baixo no céu acima da curva do rio, que lhe lembrou todos os pequeninos detalhes da morte. Parecia-lhe que o céu estrelado tentava obstinadamente convencê-la a seguir vivendo. Ainda estava viva, e isso era um milagre, embora fosse um milagre que ela não havia escolhido. Sobre seu rosto estavam congeladas várias pérolas de água, que não eram orvalho, e sim as lágrimas que ela havia chorado durante o sonho. Por que ainda estava viva depois de derramar todas aquelas lágrimas? Lembrou-se de que a mãe lhe dissera que o pai derramara uma única lágrima pelo chefe Xintao, uma lágrima no topo da montanha, e morreu antes mesmo de conseguir descer de lá. Nos últimos três dias, ela havia derramado muitas lágrimas; pela manhã, esperava estar morta quando caísse a noite, e quando a noite estava prestes a cair pensou que iria morrer antes de o sol tornar a nascer. Passou três dias esperando a própria morte, somente para abrir os olhos e se deparar mais uma vez com um céu cheio de estrelas.

Em pé junto à curva do rio, olhando em volta, identificou a origem do barulho do sino — vinha da floresta. O luar iluminava a área, emprestando um brilho frio à água e à grama úmida. O menino dormia ao seu lado, mas Binu não conseguiu acordar o seu coveiro; ele devia estar exausto depois dos três dias esperando a sua morte, esperando e cavando, e duvidando dos motivos dela.

A essa altura, a mente de Binu também já estava cheia de dúvidas. Ela não podia dizer com certeza se estava sendo insincera ou se fora enganada pelo *Manual para filhas* da aldeia do Pêssego. Talvez suas lágrimas fossem inúteis, e ela pudesse vertê-las à vontade, sem efeito nenhum. Ou talvez sua tristeza não tivesse importância; sua amargura era um engodo. Três dias esperando para morrer haviam cobrado seu preço, e no entanto ali estava ela, ainda viva, e isso deixava o seu Anjo da Morte muito ressentido.

"Se você disse que vai morrer, então morra", dissera ele.

Ela podia ver que sua paciência havia se esgotado. Adormecido no chão, segurando a enxada, roncos de desprezo emergiam de suas narinas.

Mais uma vez Binu não conseguiu acordá-lo, então saiu à procura de um novo lugar para seu túmulo. Encontrou um lugar ideal, junto à água, perto da estrada, um local intocado um pouco mais abaixo do leito do rio; era também distante do assustador cemitério dos indigentes, mas não ficava longe do Terraço das Cem Nascentes. O menino, finalmente acordado, disse-lhe que o novo local junto à curva do rio um dia se tornaria parte do Terraço das Cem Nascentes. Mas isso era no futuro, e a essa altura ela já estaria debaixo da terra e teria reencarnado em forma de cabaça. Os habitantes do Terraço das Cem Nascentes ainda não haviam reivindicado o terreno pantanoso junto à curva do rio, então este pertencia aos peixes, aos brotos de junco e a Binu. Enquanto a noite caía, uma elegante carruagem coberta passou e parou ao ver Binu e o menino. Vários homens desceram e, como estrelas escoltando a lua, conduziram um oficial mais velho até Binu. Ela imaginou que fosse ser expulsa mais uma vez, que aquele local fosse proibido.

Antes mesmo de chegar perto dela, o oficial falou: "O que está plantando nesta terra inculta, irmã maior?".

"Cabaças", respondeu ela, sem ousar revelar sua verdadeira intenção.

"Cabaças não valem nada", disse o oficial. "Você deveria plantar algodão. Não sabe que há guerra no Oeste e no Sul? Se plantar algodão, poderá usá-lo para fazer uniformes para os guerreiros nos campos de batalha. As mulheres também precisam contribuir para o governo." Binu mal conseguiu compreender o sotaque e a dicção do homem, então, depois que eles tornaram a subir na carruagem e seguiram viagem, perguntou ao menino se aquele homem era o chefe Hengming.

"Ele? Era um emissário real enviado pelo próprio rei. Até mesmo o chefe Hengming tem medo dele."

"Pouco me importa de onde ele veio", respondeu Binu. "Eu não impedi sua passagem, então ele não pode me impedir de cavar um buraco."

Tochas na floresta coloriram de vermelho metade do

céu, o vento trouxe vozes de homens, gritos de cervos e relinchos de cavalos até a curva do rio. Binu não sabia o que estava acontecendo no Terraço das Cem Nascentes. Cutucou o menino, que se pôs de pé com um pulo e, ao ouvir o som dos apitos de cervos, exclamou: "Uma caçada!".

Olhou com nostalgia para a floresta do outro lado do rio e disse: "É uma caçada noturna, uma caçada noturna! Nunca participei de uma caçada assim. Esqueça a cova, eu vou voltar a ser menino-cervo".

"Você não pode ir embora", disse Binu. "Quando eu digo que vou morrer, vou morrer mesmo. Talvez eu possa até já estar morta quando o sol nascer. Se você for embora, quem vai jogar terra no meu túmulo?"

Um olhar de ódio surgiu no rosto do menino. Ele fitou Binu com raiva por alguns instantes, em seguida pegou de repente um punhado de terra com a enxada e jogou-o em cima dela. "Jogar terra! Jogar terra! Posso jogar terra em você agora mesmo. Não é justo; você vive dizendo que vai morrer, mas nunca morre de verdade. Você já me atrasou bastante, e tudo isso por um mísero limpador de ouvido."

"Entendo como você se sente, e também estou intrigada por ainda estar viva. Viver é difícil, mas morrer é mais difícil ainda." Binu olhou para o céu acima da curva do rio. "Pouco tempo atrás, perguntei às estrelas o que me impedia de morrer. Sonhei que estava morta, o mesmo sonho que já tive muitas vezes, mas acordei e ali estava novamente o céu estrelado."

"Você é preguiçosa por ficar sentada esperando para morrer. Não quer se enforcar em uma árvore porque um fantasma enforcado tem a língua para fora, e você vai achar isso feio. Não quer pular no rio porque um fantasma afo-

gado fica boiando na água. Você insiste mesmo em ser enterrada no chão. Qual a vantagem disso, afinal?"

"Eu sou uma cabaça, criança. Como posso reencarnar
em forma de cabaça se não estiver no chão?"

Isso deixou o menino enfurecido. "Você não é uma
cabaça. Você é um besouro de esterco. Só os besouros de
esterco se enterram no chão para morrer."

O menino saiu correndo para dentro da noite, pulando
com agilidade por cima da enxada e sumindo na direção da
caçada. Binu não conseguiu detê-lo, e novamente se viu
sozinha, dessa vez sob o frio do luar. Não sabia que a vida
podia conter tanto sofrimento, que até mesmo morrer podia dar tanto trabalho. Os ventos sacudiram os juncos da
margem e fizeram balançar seus cabelos. Ela baixou os
olhos para o chão e viu a própria sombra. Fantasmas não
lançam sombra, e ela com certeza tinha uma sombra. Depois de três dias e três noites, como podia ainda estar arrastando uma sombra para lá e para cá junto à curva do rio?
Pensou nas formas de morrer que o menino havia mencio-
nado. Pendurar-se em uma árvore era o mais rápido e fácil.
Ela podia fazer isso sem ajuda; tudo que precisava era de
uma faixa. Mas o menino tinha razão: ela já vira gente
morta desse jeito, com os olhos esbugalhados e a língua
pendente, e a cena a deixara aterrorizada.

A segunda forma estava bem na sua frente. Tudo que
precisava fazer era ir até a parte mais funda do rio e se afo-
gar. Não seria nada difícil também. Bastaria se deitar e deixar a água engoli-la. Mas ela era uma cabaça, não um peixe. Cabaças precisam brotar e, se não houvesse terra de
onde a semente pudesse emergir, não haveria cabaça, e ela
não iria renascer. As ondas frias da água iluminada pelo
luar encheram-na de terror. Com água não haveria renas-

cimento, e mais de vinte anos de amargura teriam sido suportados em vão, todas aquelas lágrimas vertidas por nada. Mais de vinte anos de dias e noites, todos inúteis.

Binu pôs um dos pés dentro da água enquanto mantinha a outra perna para trás. Durante algum tempo, houve um impasse, até ela puxar o primeiro pé de volta para a terra firme. Morrer na água estava fora de cogitação, por mais fácil que pudesse parecer. Consolou o pé molhado e a si mesma de que iria morrer mais cedo ou mais tarde, mas que seria em terra firme.

O silêncio reinava na sua margem do rio, mas de algum lugar ao longe veio o coaxar de um sapo, depois outro. Deve ser o meu sapo, pensou, em algum lugar no meio daquela grama ali. Procurou na margem por alguns instantes, depois desconfiou que o coaxar poderia estar vindo da beira da estrada. "Não é hora para brincar de esconde-esconde", murmurou. "Não estou interessada em você, então vá procurar o seu filho." Já havia abandonado qualquer esperança de encontrar o sapo, uma vez que haviam se separado e não eram mais companheiros de viagem. Se o sapo fosse uma pessoa, teria sido maravilhoso, pois nesse caso ela não teria viajado sozinha. Mas elas eram mulheres que viviam em dois mundos diferentes e falavam de assuntos diferentes. A mulher viva estava à procura do marido, e a morta à procura do filho. Podiam até viajar juntas, porém nunca *estariam* juntas.

Então Binu resolveu voltar para sua cova; à luz da lua, o lugar tinha o aspecto de um túmulo inacabado, mas também de um lar grosseiro e simples. Lá dentro estava mais quente do que do lado de fora, pois o vento não batia. Ela já se preparava para entrar no buraco quando de repente viu o sapo — agachado dentro da cova, olhando para cima para ver o que ela iria dizer. Desde que Binu vira o sapo pela última vez, ele havia se encarquilhado, e seus olhos cegos estavam ainda mais tristes, emitindo uma luz de desesperança.

"Saia daí! Vá procurar seu filho", gritou Binu, ajoelhando-se ao lado do buraco. "Saia daí. O que eu sentia por você se acabou. Preparei uma trouxa para Qiliang e deixei você se esconder lá dentro. Agora dei duro para abrir uma cova só para ver você chegar e se apossar dela. Você pode ser um sapo, mas tirou vantagem de mim. Uma coisinha mínima como você não tem nada a fazer dentro de um buraco grande assim. Há lama na beira do rio, e qualquer lugar para você vai servir. Por que escolheu o meu buraco?"

O sapo se recusou a sair, aparentemente decidido a pôr fim à sua infeliz jornada dentro daquele buraco no chão. Binu não sabia se ele pretendia ocupar o buraco sozinho ou se estava preparado para que morressem juntos. Quaisquer que fossem os seus motivos, ela não queria nem escutar. Bateu palmas e sapateou no chão, mas o sapo não se mexeu. Como parecia impossível se livrar do sapo, Binu ficou determinada. Empunhou a enxada e brandiu-a na frente do buraco.

"Se você não sair", jurou, "vou descer aí e veremos quem fica de pé. Mesmo que isso fosse apenas um poço seco, ainda assim seria só meu."

O sapo aguentou firme, e uma lágrima solitária que rolou por seu rosto fez uma luz branca brilhar na escuridão. Binu virou-se para evitar ver aquela lágrima. Nessa noite, a tristeza havia perdido sua força; uma mulher que nunca chorava já havia derramado todas as lágrimas que podia, e as do sapo agora eram o fardo de outra pessoa. Nenhum dos dois conseguia obter reação alguma do outro. Assim, um demorado confronto entre dois antigos companheiros de viagem se travou na curva do rio, e o antagonismo deixou a atmosfera gelada. Até mesmo a água que corria sob o luar arquejava, tensa.

No Terraço das Cem Nascentes, o chefe Hengming havia escolhido cavalgar seus dois preciosos cavalos da montanha Nevada, em vez de um homem-cavalo. Dezenas de milhares de puros-sangues brancos de Nuvem Azul haviam galopado pelos campos de batalha durante os anos de guerra carregando generais e soldados, e, mesmo antes de os ventos da guerra se dissiparem na região da fronteira sudoeste, todos os cavalos restantes — belos garanhões, pôneis doentes e cavalos menores — haviam rumado para o Norte junto com os construtores da muralha. Todos os trezentos cortesãos do chefe Hengming sabiam como o patrão gostava de suas caçadas e que ele preferiria morrer a abrir mão delas; ao ver como suas cavalariças estavam ficando vazias, ele foi perdendo o viço, e os olhos atentos dos cortesãos viram que suas nádegas ociosas haviam ficado ainda mais sem viço do que o seu rosto. Ele recebera uma dispensa especial, concedida apenas aos membros da nobreza, para conservar três dos seus cavalos preferidos, mas os cortesãos, acostumados a fazer todo o necessário para diminuir a preocupação do patrão e amenizar seus problemas, buscaram substitutos para os cavalos faltantes. Unindo sua sabedoria e seus esforços, fizeram uma forte onda de criatividade varrer o Terraço das Cem Nascentes, o que acabou levando à invenção dos homens-cavalo.

Essa invenção inaugurou uma nova e gloriosa página

na *Velha crônica do arco e flecha*. Os homens-cavalo do Terraço das Cem Nascentes deram origem a um mundo novo, e não só na região de Nuvem Azul; governantes e aristocratas de sete regiões e oito condados seguiram seu exemplo, e essa prática de empreendedorismo para o bem maior do reino ganhou os elogios da Corte, onde o rei anunciou com generosidade que os homens-cavalo seriam isentos do serviço militar. Conforme as notícias foram se espalhando, jovens das cidades e áreas rurais por toda parte começaram a se dedicar a essa nova ocupação, dando origem a um frenesi de corridas com cargas pesadas. Subiam montanhas correndo com imensas pedras nas costas; atravessavam florestas correndo com troncos de árvore nas costas; corriam em casa carregando nas costas os avós idosos e improdutivos. Ensaiavam passos de equinos, arquejos e resfôlegos, e até mesmo relinchos, tudo enquanto corriam como cavalos, só que mais depressa.

Montar seres humanos durante as caçadas entrou na moda nos círculos aristocráticos, e a popularidade da prática foi aumentando. Porém, como sempre acontece quando se desenvolve algo novo, logo sugiram problemas. Flechas voaram pelas florestas e encostas das montanhas, expulsando de lá grandes quantidades de cervos selvagens, veados-ladradores, coelhos e gazelas da montanha, e fazendo-os subir mais alto enquanto os pássaros saíam voando para lugares desconhecidos; logo, as alegrias da caça ficaram seriamente ameaçadas. Os homens-cavalo tinham flechas, mas não tinham alvos; tinham velocidade, mas não tinham nada para perseguir. Com o sumiço da caça, só podiam voltar de mãos vazias.

Vendo que o chefe Hengming estava com o cenho permanentemente franzido, os cortesãos do Terraço das Cem

Nascentes embarcaram em uma nova e vigorosa campanha de exploração e invenção. Um deles descobriu no mercado de gente de Ravina da Grama Azul um menino magrelo, subnutrido, que corria de um lado para o outro enquanto os outros meninos em cima das árvores lançavam-lhe dardos. Os dardos faziam o menino correr e saltar igualzinho a um cervo. A essa visão, os olhos do cortesão brilharam, e ele comprou o menino na mesma hora. No caminho de volta para o Terraço das Cem Nascentes, o menino o seguiu, perguntando timidamente o que o aguardava. "Vossa Senhoria me comprou para me transformar em homem-cavalo? Gostaria de montar nas minhas costas para me experimentar?"

O cortesão respondeu com honestidade: "Você, um homem-cavalo? Ora, você ainda nem sequer tem pelos entre as pernas. Não vai ser um homem-cavalo, vai ser um menino-cervo".

A ponte levadiça baixou, e ali estava o chefe Hengming, encarapitado em seu cavalo preferido da montanha Nevada, Rio-e-Montanhas. O cavalo ergueu a enorme cabeça e lançou um relincho intimidador em direção aos homens-cavalo. Tesouro e Beleza, os dois outros cavalos poupados graças à dispensa, eram conduzidos por cavalariços, com as crinas ondulando orgulhosas ao vento e as ferraduras cintilando; seus belos olhos grandes, fixos nos homens-cavalo, estavam cheios da expressão de desprezo de uma espécie genuína encarando um impostor.

Os homens-cavalo foram imediatamente informados de seu status inferior. Vinham ansiando por correr sem cavaleiros, como cavalos selvagens, mas assim que a ponte levadiça baixou descobriram que, sem cavaleiros, e sem a luz do dia para guiá-los, não conseguiam mais correr como cavalos normais, que dirá como cavalos selvagens. Ficaram desconcertados com a ausência de peso; e, embora corressem a uma velocidade aceitável e relinchassem como cavalos de verdade, até mesmo o maior entre eles corria de forma desajeitada e sem confiança.

Um cortesão gritou-lhes: "É isso que vocês acham que são, cavalos selvagens? Vocês não passam de criaturas sem cérebro correndo às cegas!".

O chefe Hengming armou o arco, mas a forma como os homens-cavalo corriam, nem como homens nem como cavalos, impediu-o de disparar uma flecha. Zangado, gritou: "Que criaturas desprezíveis! Esqueceram-se de como se corre sem cavaleiros montados. Tragam os meninos-cervo. Em vez de cavalos, caçarei cervos!".

Os meninos-cervo, que esperavam quietinhos na floresta, deram pulos de alegria. Provavelmente pela primeira vez, podiam se mostrar orgulhosos na presença de homens-cavalo. Prenderam as galhadas na cabeça, colocaram seu rabo de cervo e começaram a passar saltitando pelos homens-cavalo, encantados com aquela glória tão recente.

Formas reluziam na floresta iluminada pelas tochas. Os pobres meninos-cervo, saboreando a sensação de orgulho de ter um líder pela primeira vez, corriam felizes por sua floresta, saracoteavam como criaturas tomadas por uma euforia jamais vista, saltitavam com o coração repleto de gratidão. Alguns pulavam como cervos cinza, outros como cervos de rabo branco e outros como cervos japoneses. Dois irmãos corajosos chegaram a pular bem na frente do chefe Hengming, desafiando-o a persegui-los. Essa intensa provocação causou um grito exaltado do chefe Hengming — "Excelente!" —, à medida que suas flechas de cipreste zuniam por entre as árvores da floresta e sua aljava ia ficando vazia. Rio-e-Montanhas logo se cansou daquela correria desenfreada, como o chefe Hengming pôde constatar assim que sua mão tocou o lombo suado do cavalo. "Rio-e-Montanhas está cansado. Trocar de cavalo!"

Os homens-cavalo, sentados no chão e desanimados, puseram-se de pé com um pulo. Um deles, Cavaleiro da Lua, de pés velozes e bom coração, revigorado pelo grito, galopou até onde estava o chefe Hengming, abaixou-se e disse: "Faz muitos dias desde que me montou, Vossa Senhoria. Por favor, suba nas minhas costas".

"Você é um puro-sangue da montanha Nevada? Não, é apenas um homem-cavalo." O chefe Hengming enxotou com seu chicote o infeliz Cavaleiro da Lua. "Eu já não disse que não montarei nenhum homem-cavalo esta noite?"

Um cavalariço chegou trazendo Tesouro e ofereceu apoio para o chefe Hengming montar. No intuito de fazer passar o tempo, alguém foi buscar mais flechas, enquanto os cortesãos vasculhavam a floresta com suas tochas para avaliar como havia sido a caçada noturna até então, levando consigo um selo vermelho. Recolhiam cada menino-cervo atingido por uma flecha e examinavam-no, começando pelos quartos traseiros. Ao lado de cada flecha que houvesse alcançado seu alvo, carimbavam a insígnia de uma pantera. A maioria dos meninos fora atingida no traseiro, para ruidoso deleite dos cortesãos. Conheciam a natureza piedosa de seu mestre e sabiam como ele odiava tirar a vida de seus súditos, e como zelara pela segurança dos meninos usando apenas flechas de cipreste e aperfeiçoando ao extremo suas habilidades de arqueiro. O chefe considerava o traseiro o único alvo adequado; todos os outros eram erros. Enquanto os cortesãos carimbavam as insígnias, muitas vezes surgiam contendas. "Isto aqui não é a coxa. O traseiro dele é pequeno demais. Isto aqui conta como parte do traseiro, então o alvo foi atingido!"

Os cortesãos que tinham saído correndo para buscar mais flechas voltaram com notícias preocupantes: não havia mais flechas de cipreste, apenas de metal. Levantaram várias aljavas, que retiniram com o movimento das flechas que continham. "Por que estão me trazendo essas flechas?", quis saber o chefe Hengming. "Esperam que eu dispare flechas de metal em crianças?"

"Pensamos que estivesse se divertindo, Vossa Senhoria, e não queríamos que seu prazer terminasse. Foi só precaução."

"O meu prazer não terminou", vociferou o chefe Hengming. "Só montei um dos meus cavalos da montanha Nevada. Como é possível as flechas já terem terminado? Quem encomendou as flechas para mim? Por que há tão poucas feitas de cipreste? Parem de me tratar feito criança."

Nenhum dos cortesãos se atreveu a dar uma resposta e provocar ainda mais a ira de seu mestre. "O que estão olhando? Por que estão todos à minha volta com cara de idiotas? Vão recolher todas as flechas que já foram disparadas."

A essa altura, os meninos-cervo já estavam começando a ficar irrequietos, querendo demonstrar tanto gratidão para com o chefe Hengming quanto disposição para fazer o que ele desejasse, e também mostrar aos fracassados homens-cavalo que eram eles as estrelas daquela noite. Sem aviso, imploraram ao chefe Hengming, com vozes desordenadas porém comoventes: "Use flechas de verdade, não temos medo. Somente os covardes temem flechas de verdade. Bom mestre, nós, meninos-cervo, estamos aqui para servi-lo!".

Profundamente tocado pela demonstração de lealdade

dos meninos-cervo, o chefe Hengming empunhou a nova aljava e ergueu-a, em um gesto de bondade. Esforçando-se para controlar as emoções, disse: "Que bom! Que estupendo! Que maravilha! Gravem as palavras corajosas dessas crianças em suas tabuletas de bambu".

Depois de ordenar rapidamente a alguém para abrir uma tabuleta de bambu, o cortesão respondeu: "Sim, Vossa Senhoria. Registrarei tudo: a amorosa bondade de Vossa Senhoria para com o povo e sua gratidão e lealdade para com Vossa Senhoria. Registrarei isso tudo em um volume que guardarei em um baú no Pavilhão Oriental, pois algum dia poderá ser útil".

Um silêncio recaiu sobre a floresta, rompido abruptamente por um grito amedrontado de outro cortesão: "Eles estão brigando! Os homens-cavalo e os meninos-cervo estão brigando!".

O comportamento lamentável dos homens-cavalo deixou o chefe Hengming chocado. As provocações dos meninos-cervo haviam conduzido a uma perda de controle generalizada. Mais velhos, mais fortes e ocultos pelo manto da noite, os homens-cavalo começaram a atacar os líderes dos meninos-cervo, embora rapidamente tenham começado a perseguir os outros meninos-cervo, surrando-os e chutando-os com fúria ao capturá-los. Em todos os anos que o chefe Hengming organizara aquelas caçadas, tanto homens-cavalo quanto meninos-cervo haviam se comportado da melhor forma possível, percorrendo os caminhos que os mandavam percorrer, e ele ficou traumatizado com a indisciplina que testemunhava. Mas a ira logo substituiu o trauma.

"Atirem neles!", ordenou, com o rosto rubro de raiva.

Ordenou que seus cortesãos erguessem os arcos e disparassem flechas de metal. "Se os matarem, assumirei a culpa!"

Uma chuva de flechas voou pela floresta, produzindo gritos de terror e o som de uma correria apavorada. O ritmo da morte marcado pela chuva de flechas provocou nas criaturas atacadas uma louca cadência que as fez correr para tentar salvar a própria vida. À luz das tochas, o rebanho de meninos-cervo parecia um bando de cervos em disparada; os homens-cavalo se transformaram em cavalos selvagens a galope. Uma a uma, as tochas da floresta foram se apagando e o barulho da caçada caiu misteriosamente no rio, perdendo-se no fundo das águas.


Ouviu-se na estrada o ruído intermitente das rodas de uma carroça, e um caixão surgiu puxado por uma parelha de bois. Binu viu alguém conhecido entre as figuras em movimento: era Wuzhang outra vez, sentado no banco do condutor, curvado na cintura e segurando as rédeas com os pés; em pé atrás dele estava o menino, seu coveiro, que havia voltado da caçada e tinha no rosto um ar triunfante. Acenou para Binu com uma flecha na mão, dando-lhe uma notícia que era como um pesadelo:

"Não morra agora", disse. "Saia desse buraco. Eu vendi você. Você agora é viúva de um ladrão chamado Qinsu!"

No início, Binu não entendeu de que ele estava falando. Chegou mais perto. "Quem vendeu quem?" Porém, quando se aproximou da carroça e viu o caixão preto, deu-se conta do que estava acontecendo: ninguém lhe traria um caixão por bondade. Aquilo era o caixão de outra pessoa! Deu um passo para trás de modo a examinar o menino com atenção, e foi então que reparou em seus novos trajes: uma roupa branca de funeral. Antes de conseguir perguntar onde ele a havia conseguido, vários homens agressivos saltaram da carroça e correram na direção dela como animais selvagens. Então ela entendeu: alguma outra pessoa morrera e ela fora vendida. O menino a vendera para um morto!

Como gaviões atacando pequenos pássaros, os cortesãos do Terraço das Cem Nascentes capturaram Binu com facilidade e levaram-na até a carroça, onde ela foi novamente amarrada com cordas. No início ela se debateu, mas não por muito tempo, enquanto água escorria de seu corpo. Os homens a viram erguer os olhos para o céu, murmurando repetidamente uma única frase: "Eu deveria ter descido, eu deveria ter descido".

"O que ela está murmurando?", perguntaram os cortesãos ao menino. "Descido para onde?"

O menino apontou para o buraco junto à curva do rio. "Para dentro da terra. Ela está arrependida de não ter se enterrado enquanto teve chance."

"Se ela houvesse feito isso", disse um dos cortesãos, "nós simplesmente a teríamos desenterrado. Morta, ela vai para dentro de um caixão. Viva, acompanha o caixão do cortesão Qinsu com seus lamentos. Viva ou morta, ela não tem como escapar."

Um dos outros cortesãos ficou intrigado com toda a água que molhava suas vestes. "Esta mulher deve ter caído na água", gritou. "Está encharcada."

"Cuidado", disse o menino. "Isso não é água, são as lágrimas dela. É uma chorona!"

Os cortesãos riram. "Uma chorona, diz você? Então ela foi bem escolhida. O que poderia ser melhor do que uma chorona para um homem morto?"

136

Enquanto limpavam das mãos aquela estranha água, vestiram-na apressadamente com uma roupa branca de funeral e cobriram seus cabelos desgrenhados com uma boina branca de três pontas, arrematando o traje com uma faixa branca em volta da cintura. Então recuaram para admirá-la com suas bem-arrumadas roupas de funeral. A expressão de tristeza em seu rosto era exatamente o que convinha a uma recém-viúva. Depois de terminarem de vesti-la, um deles plantou uma argola de ferro na lateral do caixão, enquanto outro prendia no tornozelo de Binu uma corrente que foi então presa à argola. Com um clangor, Binu foi acorrentada ao caixão e o carro de boi partiu estrada afora.

# Estação da Floresta Perfumada

Quanto mais perto chegavam da região de Pingyang, mais se afastavam das montanhas, que se estendiam ao longe feito ondas até se dissolverem no horizonte nebuloso. A planície aparentemente sem fim era um cobertor verde e amarelo, as cores da abundância. Passados os campos de aveia, havia cada vez mais pequenas comunidades de casebres com telhado de sapê, com cães e galinhas correndo de um lado a outro pelas aldeias, mas poucas pessoas à vista. Arbustos de tapete-inglês cresciam junto a valas, parecendo canteiros de flores quando vistos de longe. O terreno era plano e aberto, sob um céu que parecia se estender ao infinito enquanto o sol parecia mais baixo, como uma bola de fogo assando as casas em meio aos campos de aveia amarelo-dourados.

A planície sem fim deixou Binu tonta, e ela perdeu qualquer noção de direção. Mas o que importava isso, já que ela ainda estava acorrentada ao caixão de Qinsu? Disseram-lhe que a Caverna de Sete *Li*, onde Qinsu nascera, ficava ao Norte, no caminho para a montanha da Grande Andorinha.

"Depois de atravessarmos esta planície", disse o condutor, "veremos as montanhas. Aquelas são as montanhas do Norte. Quando você as vir, a montanha da Grande Andorinha estará visível, e quando vir a montanha da Grande Andorinha poderá ver o seu homem. Você desta vez pegou carona na carroça certa, então chega de tentar se matar. Conforme-se com o seu destino."

Binu ficou olhando para o rosto imundo do menino sacudindo-se acima do caixão. Ele não era mais o seu coveiro, não estava mais a serviço do Anjo da Morte. Em vez disso, havia assumido a odiosa missão de acorrentá-la a um caixão e de mantê-la viva. Ele agora segurava firme a corda que constituía a vida dela. Binu perdera até mesmo o direito de morrer quando o Terraço das Cem Nascentes a casara com um cadáver. O Terraço das Cem Nascentes era o paraíso sobre a Terra para muitas pessoas, mas para Binu se transformara no inferno sobre a Terra. Haviam roubado sua trouxa, roubado seu corpo e, por fim, roubado até sua tristeza, suas lágrimas e seu direito de morrer.

Binu baixou os olhos para a argola de ferro presa ao caixão, uma imensa mão que a prendia com força sem nunca soltá-la. Era a mão do homem, a mão de um cadáver, segurando-a, repetindo um comando cheio de pesar, cheio de vaidade: "Chore, ah, chore, chore por mim, chore mais alto!".

Binu fazia sua reclamação chorosa a todos que encontrava pelo caminho, até mesmo para as galinhas, patos, porcos e ovelhas espalhados pela estrada. "Eu venho da aldeia do Pêssego, sou mulher de Wan Qiliang." As pessoas interpretavam seus lamentos como um luto pelos mortos.

Durante a viagem inteira, ela chorou, derramando lágrimas por si própria e por Qiliang. Nenhum som saía dela, apenas lágrimas, que escorriam gota a gota deixando um sulco em seu rastro, molhando a estrada. Todas as pessoas de olhos brilhantes que passavam pelo caixão viam-na como uma viúva enlutada, sem reparar na corrente que só era visível debaixo de suas vestes brancas, escolhendo em vez disso comentar animadamente sobre a insígnia da pantera e o caixão de cipreste com seu aroma sutil. Como invejavam o homem deitado lá dentro.

"Que maravilha ser cortesão do Terraço das Cem Nascentes", diziam, "mesmo quando se está morto. Os cortesãos dormem em belos caixões e são acompanhados por esposas virtuosas e filhos dedicados. Ah, quanta sorte!"

Haviam-na prendido à entrada da caverna da morte, onde, se você levantasse, vivia, mas se pulasse morria. Binu, porém, não podia nem se levantar nem pular. Era forçada a se apoiar no caixão de um homem que não conhecia e rumar para o Norte, sentindo que não era uma mulher acompanhando uma carroça, e sim uma cabaça sendo levada para o Norte por uma estrada desconhecida, como que carregada pelas ondas do mar.

"Você ainda busca a morte? Ainda quer ir até a montanha da Grande Andorinha ou não?"

As repetidas provocações do condutor e do menino a haviam exaurido. Eles não tinham como saber que ela abrira mão da vida *e* da morte. Pelas manhãs, o sol aquecia-lhe as vestes com uma promessa de vida; à noite, porém, a carroça era engolida pela escuridão e um ar gelado cobria o caixão. O Norte tornou-se para ela uma cortina preta, e a estrada para a montanha da Grande Andorinha parecia-lhe ainda mais longa do que sua própria vida.

O menino não parava de se aproximar para puxar-lhe os cabelos. "Quero ouvir você respirar", disse ele. "Pare de se fingir de morta. Quero ver você se mexer. Diga alguma coisa."

Binu afastou-lhe a mão.

"É só isso que você é capaz de fazer?", perguntou ele. "Você não fala, não come, nem sequer faz xixi. Como é que eu vou saber se está viva? No melhor dos casos você está semimorta."

Binu baixou os olhos para a grama outrora seca ao lado da estrada, que agora cintilava com lágrimas que pareciam cristais.

"Criança", disse ela, apontando para a grama úmida, "eu continuo chorando, e isso prova que ainda estou viva."

Aproximaram-se da Estação da Floresta Perfumada antes do cair da noite.

Dois rapazes grotescos saíram correndo lá de dentro antes de a carroça chegar à estação, com marcas antimaldição pintadas nos rostos e as narinas cheias de artemísia verde-acinzentada, as mãos envoltas em trapos tratados, pois a peste já havia chegado ali. Postaram-se na estrada para deter a carroça e declararam que caixões contendo cadáveres estavam proibidos de entrar na estação.

Como estavam agora na região de Pingyang, o salvo-conduto do chefe Hengming de nada adiantava, então Wuzhang reclamou com os homens: "Este aqui não é um caixão comum. Vocês estão vendo com seus próprios olhos que há uma pessoa viva acorrentada a ele. O que faremos com ela caso não possamos entrar com o caixão?".

Os homens se aproximaram e viram que o tornozelo de Binu estava de fato acorrentado ao caixão. "Que história é essa?", exclamaram. "Todos os caixões de Nuvem Azul vêm equipados com argolas de ferro que prendem as mulheres dos mortos?"

"Não", retrucou Wuzhang, "somente este, e essa é a única mulher acorrentada a um caixão."

Os homens da estação sugeriram que Wuzhang a desacorrentasse. Seguiram-se longos instantes de hesitação antes de ele se virar para Binu e dizer: "Se você jurar que não vai tentar fugir nem se matar, eu solto a corrente".

Com um olhar indiferente, ela respondeu: "Que tipo de juramento você quer, irmão maior? Por que alguém que não tem medo de morrer iria se preocupar com um juramento?".

"Sei que você não tem medo de morrer", disse ele. "Mas ainda está preocupada que o seu marido morra congelado na montanha da Grande Andorinha, então jure pela vida do seu marido Qiliang."

Binu sacudiu a cabeça. "É você quem decide se vai me soltar ou não, mas não jurarei pela vida de Qiliang."

Os homens não sabiam o que fazer.

"Ela já está quase morta mesmo, então vamos todos nos juntar e descarregá-la junto com o caixão", disse Wuzhang.

Isso levou tempo, e a noite já havia caído quando o caixão de Qinsu foi depositado sobre um campo de aveia, com Binu acorrentada e curvada sobre ele. O campo de aveia estendia seus dedos esguios para acariciar o caixão laqueado de preto e as vestes brancas de Binu, talvez porque o campo de aveia nunca houvesse recebido visitas tão excepcionais. Movidas pela curiosidade, as espigas de aveia acolheram com generosidade o caixão e a mulher viva. Com suas vestes brancas, ela parecia uma nuvem de algodão a cobrir o campo.

"Vá vigiá-la", ordenou Wuzhang ao menino.

O menino deu um pulo para longe do condutor. "Não vou dormir ao relento", disse. "Quero dormir na Estação da Floresta Perfumada. Além disso, preciso dar comida e água aos bois."

"Hoje não. Eu faço isso." Wuzhang correu atrás do menino. "Não recuse a minha gentileza. Fique com ela esta noite, e amanhã compensarei você com um pedaço grande de pão ázimo na Caverna de Sete *Li*.

O menino foi correndo até Binu, agarrou-lhe o braço e ergueu-o para forçá-la a fazer um juramento ao condutor. "Jure!", gritou, sacudindo-a. "Que dificuldade há nisso? Tudo que precisa fazer é jurar, e não ficará mais acorrentada a um caixão como um cachorro. Faça isso, e todos poderemos entrar na estação."

Binu se sacudiu com os safanões violentos do menino. "Pare com isso", disse. "Eu gostaria de fazer o que você pede, e não quero causar problemas, mas não posso pôr a vida de Qiliang em risco com um juramento."

"Se não estiver pensando em morrer nem em fugir, qual o problema? Como não quer jurar, eu o farei por você: se eu tentar me matar ou fugir, que meu marido Qiliang morra congelado na neve ou seja esmagado pelas pedras da montanha!"

Binu estremeceu e estendeu a mão para cobrir-lhe a boca, mas era tarde demais. Ele saiu correndo do campo de aveia, olhou para trás e a viu ajoelhada no chão com o rosto banhado em lágrimas.

"Está bem", disse ela, "você venceu. Agora que jurou pelo nome de Qiliang, não vou tentar me matar nem fugir."

Binu passou a noite na Estação da Floresta Perfumada sentada em um campo de aveia na companhia de um caixão.

Quando a tênue luz de velas que iluminava a estação se apagou, uma escuridão cerrada a envolveu. Ventos sopravam pelo campo, e o caixão preto foi engolido pelo breu, com exceção das partes incrustadas de ouro, que emitiam um clarão desagradável. No início, ela se manteve o mais distante possível do caixão, mas depois de algum tempo, quer para tentar se abrigar do vento, quer em busca de companhia, foi voltando para junto dele devagar, e assim passou a noite em mais um lugar desconhecido. Um terror impossível de superar agora fazia parte da noite. Ela tinha por companhia um homem morto; era ele o seu companheiro. Binu manteve os olhos bem abertos, esperando a chegada dos fantasmas da colheita. Viu a mão do vento invadir o campo de aveia, que se deitou de lado para tentar fugir. Viu a mão da lua acariciar o campo de aveia, as pontas das espigas irradiarem uma luz intensa, prateada. Mas não viu nenhum fantasma de foice na mão.

Por todo o caminho desde a aldeia do Pêssego até aquela planície em uma terra estrangeira, ninguém se dispusera a escutar Binu, de modo que ela estava preparada até a ter uma conversa com fantasmas. Mas como os fantasmas não apareceram ela continuou sem ninguém com quem conversar. Bateu no caixão.

"Irmão maior, irmão maior, o seu nome é Qinsu?", indagou. "Qinsu, Qinsu, você era um ladrão, mas não estou com medo. Não tenho nada que valha a pena roubar. Você está morto, e mesmo assim não estou com medo, porque já morri várias vezes. Só preciso lhe perguntar uma coisa: com todas as mulheres do mundo para acorrentar ao seu caixão, por que escolheu a mim?" O vento cessou enquanto ela falava, e as espigas de aveia pararam de farfalhar. "Fale, fale, fale." Ela não tinha mais nada a dizer. Agora que dissera tudo que queria dizer, suas lágrimas caíam livremente sobre o caixão e escorriam pelos quatro lados; o grande caixão preto foi banhado por um jorro de lágrimas. No início, ele não se moveu, mas aos poucos ruídos de lamentos começaram a emergir lá de dentro, e Binu sentiu-o tremer sob sua mão. Não conseguiu impedi-lo de se mover. O vento ganhou força, balançando as espigas de aveia e fazendo-as bater no caixão. Binu ouviu o som abafado de um homem chorando bem lá dentro. Era o fantasma de Qinsu. O som trazia sentimentos de remorso e teimosia enquanto entoava para Binu um refrão contínuo e pesaroso: "Caverna de Sete *Li*, Caverna de Sete *Li*, Caverna de Sete *Li*!".

Estavam a caminho da caverna de Sete *Li*, onde Qinsu nascera. Ela não tinha capacidade de discutir com um fantasma. "Eu vim da aldeia do Pêssego. Sou mulher de Wan Qiliang."

Binu já contara a muita gente sobre sua origem, mas os vivos a ignoravam, e agora um fantasma fazia o mesmo. A voz no caixão era ao mesmo tempo triste e determinada: "Caverna de Sete *Li*, Caverna de Sete *Li*, Caverna de Sete *Li*!".

"Eu não estou indo para a Caverna de Sete *Li*, sou da aldeia do Pêssego. Sou mulher de Wan Qiliang", gritou para o caixão. Da primeira vez isso não surtiu efeito, então ela gritou de novo e mais uma vez, e a voz humana finalmente suplantou a do fantasma. Ela ficou escutando o som dentro do caixão começar a diminuir até não passar de um fraco suspiro. O caixão parou de se mexer e ela se sentou.

Os ventos frios do final do outono começaram a soprar da floresta. Na noite anterior, Binu queria morrer; na noite anterior, o vento gelado tinha sido o seu Anjo da Morte. Mas nesta noite era diferente. Um juramento feito pelo menino havia mudado tudo. Ela não podia mais querer morrer; precisava continuar viva pelo bem de Qiliang. Cobriu-se com um cobertor de espigas de aveia caídas, e os ventos gelados pararam de soprar. Pela primeira vez em dias, Binu sentiu fome, então colheu várias espigas de aveia e levou-as à boca. Enquanto mastigava, mantinha os olhos cravados no caixão, mas suas pálpebras foram ficando mais pesadas e o sono começou a chegar. Foi imediatamente visitada por um sonho no qual os lendários fantasmas da colheita, nenhum deles conhecido e todos carregando foices, chegavam flutuando no ar da noite. Usavam o enfeite de cabeça de Qiliang e seu casaco, amarrado com seu cinto incrustado de jade. O som da colheita ergueu-se da terra à medida que os fantasmas da colheita se transformavam em sósias de Qiliang. Ela imaginou que o marido era um daqueles fantasmas, mas, mesmo depois de ficar rouca de tanto gritar, os fantasmas mantiveram silêncio. No sonho, Binu chorou, e os fantasmas pararam o que estavam fazendo. Um deles foi na frente até ela carregando nos braços um feixe de espigas de aveia.

"Eu não sou Qiliang", disse o fantasma, "então não chore. Tome, estas espigas de aveia são para você."

Todos os outros fantasmas lançaram feixes de aveia a seus pés. "Qiliang não está aqui", disseram, "então não chore, não chore; estas espigas de aveia são para você."

Na manhã seguinte, o carroceiro e o menino tiveram de retirar Binu do meio de uma pilha de feixes de espigas de aveia.

"Nunca vi fantasmas tratarem alguém tão bem assim em toda a minha vida. Mulher, você só inspira pena em fantasmas. Olhe só quantas espigas de aveia eles cortaram para você!"

Em pé no campo de aveia sob o sol da manhã, com um feixe de aveia recém-colhida nos braços, e envolta pelos gritos alegres de um menino, Binu baixou os olhos para o caixão de Qinsu e viu que este estava cercado pelos frutos de uma bela colheita. A noite havia chegado ao fim, e a tampa do caixão estava coberta de aveia recém-colhida sobre a qual repousavam gotas translúcidas e cristalinas de orvalho.

# Caverna de Sete *Li*

A carroça fúnebre continuou sua viagem rumo ao leste, serpenteando para fora da bruma, passando por um cemitério e por um bosque de árvores antes de chegar a uma aldeia escondida debaixo do chão. Volutas de fumaça de cozinha se erguiam vagarosas de muitas cavernas, e através das aberturas era possível ver de vez em quando cabeças de crianças. De uma caverna gigante emanava fumaça de incenso, e lá de dentro vinham sons de pessoas cantando e rezando.

"Chegamos à casa de Qinsu", disse o carroceiro para seus dois passageiros. "Batam no caixão e lamentem-se. Rápido."

Batendo no caixão, o menino olhou para Binu e disse: "Ela é a esposa virtuosa e não está se lamentando. Um filho devotado não deve chorar antes da esposa virtuosa, não é?".

Wuzhang olhou com raiva para Binu, e pela expressão indiferente no rosto esgazeado dela pôde ver que, embora suas lágrimas fluíssem abundantes como o mar, era ela quem decidia se emitiria ou não algum ruído. A corrente em seu tornozelo fora removida, porque ele tinha certeza de poder controlar seus pés. Suas lágrimas e sua tristeza, por outro lado, estavam além do seu alcance. Ele então desviou a atenção da esposa virtuosa para o filho dedicado e o comportamento deste último. O largo sorriso no rosto do menino mostrava que para ele aquilo tudo não passava de um jogo. Com uma mistura de raiva e preocupação, o carroceiro pegou o chicote com os pés e marcou o rosto do menino com uma lanhada vermelha. Os uivos de dor fizeram cabeças se espicharem para fora das cavernas e rostos macilentos se materializarem na bruma densa.

Da segurança de suas cavernas, mulheres e crianças olhavam tímidas e curiosas para o carro de boi, deixando a cargo dos homens saírem para dar as boas-vindas aos recém-chegados. Segurando espigas de trigo na mão, eles encararam com expressão irritada os passageiros da carroça, até um velho romper o silêncio dizendo-lhes que sua visita inesperada havia arruinado um dia auspicioso. Os lamentos tinham interferido no canto do sutra do trigo, e isso poderia significar má sorte para a colheita no ano seguinte e nos subsequentes.

"Não ligamos para o trigo", disse Wuzhang. "Viemos entregar o caixão de Qinsu. Peça à família dele que venha recebê-lo."

Ninguém se adiantou. Não havia interesse por uma mulher e um menino vestindo luto. O luxuoso caixão, por sua vez, atraiu a curiosidade de alguns homens. Um velho se aproximou e tocou a superfície laqueada de preto, chegando a raspar um pouco do pó dourado e a erguê-lo contra o sol.

Outro homem, com o rosto todo marcado, bateu na lateral do caixão e curvou a cabeça para escutar. "Isto deve ser um recipiente de madeira para arroz", disse. "Mas por que alguém está dormindo aí dentro?"

"Não é um recipiente para arroz", gritou o carroceiro, exasperado, "é um caixão. E quem está dormindo dentro dele é Qinsu. Vocês se lembram de Qinsu, não é? Bem, estes são sua esposa virtuosa e seu filho dedicado, que vieram acompanhar o caixão até em casa. Onde está a família? Qual de vocês é a mãe dele? Venham aqui."

Várias velhas vestindo casca de palmeira saíram rastejando da caverna para olhar. Curvadas na cintura, com as pernas nuas, pareciam espantalhos.

"Qinsu é filho de quem?"

Não houve resposta das mulheres; evidentemente, nenhuma delas era mãe de Qinsu.

Desistindo das mulheres, o carroceiro gritou para os homens: "Venham dar uma olhada nas mãos de Qinsu".

Gesticulando para o menino abrir o caixão, disse: "Estão vendo, este é Qinsu, da Caverna de Sete *Li*. Vocês talvez não se lembrem de seu nome, mas deveriam reconhecer essas mãos".

Um velho de rosto sábio abriu caminho até o caixão a cotoveladas e examinou com curiosidade as palavras escritas no pulso do morto. Perguntou ao menino: "Isto aqui na mão dele é o desenho de um cavalo ou de um peixe?".

O menino riu. "Um cavalo ou um peixe? São palavras."

"Eu sei disso", afirmou o velho. "Quero saber o que significam."

"Não consegue nem reconhecer essas duas palavras?

A da esquerda significa assaltante e a da direita significa ladrão."

Uma a uma, as pessoas em volta do caixão foram recuando.

"O quê? Ele é um assaltante e um ladrão?" O velho sábio, primeiro entre todos a compreender o que aquilo significava, ficou tão ultrajado que seu rosto enrubesceu e seu cavanhaque branco tremeu. Ele agarrou o cinto do carroceiro. "Como você se atreve a mandar o caixão de um assaltante e de um ladrão para a Caverna de Sete *Li*? Este lugar é conhecido por sua pobreza, mas nenhum homem da nossa linhagem nunca foi ladrão e nenhuma mulher nunca foi prostituta. Nenhum assaltante ou ladrão vem daqui."

Wuzhang afastou depressa com o cotovelo a seda branca que cobria o rosto do morto. "A família de Qinsu morreu inteira?" Pulou em cima da carroça e berrou: "Sua mãe morreu? Se seus pais morreram, e os irmãos? Será que estão todos mortos também? Se estiverem, deve haver outros parentes. Por que é que alguém não vem reclamar o corpo? Este é Qinsu da Caverna de Sete *Li*. Olhem bem para o seu rosto. Alguém me ajude e leve embora este caixão".

Um homem manco vestindo um casaco de cânhamo olhava para Binu com ar de cobiça. Ele se aproximou do carroceiro, que disse: "Você é irmão de Qinsu? Ou quem sabe seu primo? Venha tirar este caixão das minhas mãos".

"Não quero esse caixão. Teria de arrumar ajuda para enterrá-lo. Mas ficaria feliz em livrá-lo dos vivos." Ele deu um cutucão no carroceiro. "Eu poderia ficar com a viúva como esposa e com o menino como filho."

"Eu supunha que nenhum de vocês batesse bem da bola", disse Wuzhang, fazendo uma careta de raiva ao perceber a intenção do homem. "Isso prova o quão pouco eu sei. Você é mais esperto do que imaginei. Nada de homem morto para você, mas estaria disposto a ficar com uma esposa e um filho de graça. Bom, pode continuar sonhando."

A essa altura, a maioria dos aldeões já havia se reunido ao redor de uns poucos homens mais velhos e mais sábios, discutindo a situação enquanto avaliavam de longe a carroça com o caixão. Alguns encaravam as pessoas, enquanto outros concentravam sua atenção nos dois bois de Nuvem Azul; alguns, mais interessados na capacidade da carroça, aproximaram-se depressa para medir-lhe o comprimento e a altura. "Três carregamentos de farinha de trigo sem problemas", disseram.

Anunciaram solenemente sua decisão: "O caixão ficará na Caverna de Sete *Li* para armazenar os grãos e impedir que apodreçam. Quanto à esposa e ao filho de Qinsu, podem ficar ou partir; cabe a eles decidir. Mas o morto Qinsu não é bem-vindo aqui. Podem levá-lo embora e enterrá-lo onde quiser. A Caverna de Sete *Li* pode ser um lugar pobre, mas os ritos e a moralidade são importantes aqui. Não há lugar para um assaltante e um ladrão, quer ele seja ou não desta região, e não importa por onde andou, mesmo que tenha retornado depois de servir ao rei. A Caverna de Sete *Li* não ficará de braços cruzados nem permitirá que um homem desses seja enterrado aqui."

O carroceiro, enraivecido, não conseguiu segurar a própria língua. Deu um sorriso de desdém. "Que lugar é este? Vocês são pobres e humildes, e no entanto estão falando em honra. Se não aceitarem o morto, podem esquecer o resto. Tudo que posso lhes deixar é o sulco de algumas rodas."

Fora muito difícil chegar até a Caverna de Sete *Li*, mas foi bem fácil sair de lá. O carroceiro brandiu seu chicote, e o morto, os vivos, os bois e o caixão tornaram a ganhar a estrada. Nunca imaginavam que a viagem à Caverna de Sete *Li* fosse terminar de forma tão apressada, e o carroceiro não conseguia parar de esbravejar, furioso com o fato de os aldeões terem tornado a entrar na caverna do incenso antes mesmo de a carroça partir. "Eles não sabem ler uma só palavra, mas sabem recitar cânticos! São incapazes de acolher um membro da própria família, e tudo com que se preocupam é uma porcaria de uma colheita de trigo! Espero que tenham uma enchente no ano que vem, depois uma seca, e depois disso uma praga de gafanhotos. Então veremos que tipo de colheita terão!"

Binu voltou o olhar para a Caverna de Sete *Li* em meio à densa bruma, e o seu olhar traía espanto. Era a primeira vez desde que saíra da aldeia do Pêssego que ela realmente presenciava o pesar alheio; era amargo e frio. O espírito de Qinsu começou a se agitar de forma incontrolável. Cheia de remorso e culpa, ela deu tapinhas no caixão para reconfortar o cadáver lá dentro. "Não fique triste, Qinsu. Não é que a sua família não tenha querido saber de você ou de seu caixão, mas é que faz tanto tempo que foi embora que ninguém mais se lembra de você. Lá não é a sua casa, e é inútil voltar. Talvez aquele lugar nem fosse a Caverna de Sete *Li*, talvez o carroceiro tenha feito uma curva errada."

"Está conversando com um morto?" O carroceiro virou-se para olhar com raiva para Binu. "Quem disse que eu fiz uma curva errada? Dirijo há anos e não fiz uma curva errada nem uma vez sequer. Se cometi um erro, foi com as pessoas. O problema era com as pessoas da Caverna de Sete *Li*."

A estranha carroça fúnebre voltou à estrada; dois bois, três pessoas e um caixão que ninguém queria.

\* \* \*

Surpreendentemente, as primeiras enchentes do outono não subiram. O sol brilhava com força sobre a estrada pública vazia e desolada, coberta de ervas daninhas, de lama, e cheia de riachos e buracos abertos por causas desconhecidas. Assim que a carroça fúnebre entrou na estrada, foi surpreendida por um buraco no chão. O eixo quebrou e a carroça partiu-se ao meio. Os bois fizeram força para atravessar o buraco, deixando as rodas e o caixão para trás na água e jogando Binu e o menino dentro d'água também. Eles rastejaram para fora somente para ver uma ponta do caixão de Qinsu afundar na água e a outra ponta prestes a se soltar da carroça.

Açoitando seus bois com frenesi, o carroceiro reclamou: "Mas, afinal, que tipo de tarefa foi essa que o chefe Hengming me confiou? Primeiro as pessoas me dão trabalho, depois a água e a estrada, e agora é a vez de vocês, bois. Esperem só para ver se não vou chicoteá-los até a morte!".

"Irmão maior", disse Binu, "por favor não bata nos animais. Não é culpa deles; o caixão está tentando fugir."

"Um caixão não tem pernas", argumentou o carroceiro enquanto fitava o caixão dentro d'água. "Vá ao diabo, Qinsu", amaldiçoou. "Você em vida foi um homem desprezível, e agora o seu espírito está tentando acabar com a minha carroça."

"Não culpe o espírito de Qinsu por suas dificuldades", disse Binu. "Já faz três dias que estamos andando sob o sol, e Qinsu não pode mais ficar aqui, por melhor que seja o caixão ou por mais maravilhosas que sejam as ervas aromáticas. Se ele não for enterrado logo, elas não vão mais conseguir disfarçar o cheiro do apodrecimento."

"E quem é o culpado por isso? Ele próprio, isso sim!", gritou o carroceiro para Binu. "Eu já transportei mais de uma dúzia de caixões, mas nenhum como este. Alguém com um carma ruim assim está fadado a cheirar mal."

O carroceiro chapinhou na água e pisou com um dos pés sobre o caixão. O excesso de cansaço e raiva dava a seu rosto uma palidez esverdeada. Seu nariz escorria quando ele falava e a saliva se acumulava nos cantos de sua boca. Ele começou a chutar o caixão. "Se você quiser parar aqui, problema seu. Você desceu da minha carroça por livre e espontânea vontade, e não há nada que eu possa fazer se quiser deixar o seu cadáver no meio da estrada. O céu tem olhos. Posso mandar avisar ao chefe Hengming que sofri levando você até a Caverna de Sete *Li*." Ele começou a empurrar a carroça para ajudar o caixão fujão a escorregar com mais facilidade para dentro do buraco.

"Podemos parar em qualquer lugar, exceto na estrada", implorou Binu. "Você não pode deixar um caixão na estrada. O espírito do morto não vai poder entrar no chão, onde é o seu lugar, e as carroças das pessoas e os cavalos não vão poder passar."

"Melhor ainda. É isso que Qinsu quer. Como ele não pode se mexer, não quer que ninguém mais passe." O menino bateu no caixão e soltou uma gargalhada. "Finalmente conheci alguém com um carma pior do que o meu. Uma coisa é eu esquecer onde fica a minha casa, mas outra inteiramente diferente é as pessoas da sua própria aldeia não aceitarem o seu caixão. *Isso* sim é carma ruim."

"Por pior que seja o carma dele, você simplesmente não pode deixar este caixão na estrada." Binu se aproximou e segurou a manga do carroceiro. "Irmão maior, você precisa completar a boa ação que começou. Já que não vai conseguir sem as mãos, nós o ajudaremos a tirar o caixão da carroça e colocá-lo no campo. Mas por favor não o deixe na estrada."

O carroceiro empurrou-a para o lado no mesmo instante em que o caixão laqueado de preto afundou na água com um barulho alto de sucção. Os três congelaram no mesmo lugar onde estavam, olhando fixamente para o caixão, que tinha uma das extremidades dentro d'água e a outra apontada para o alto, um objeto solitário a projetar-se acima da estrada como uma rocha fora de lugar. Isso pareceu acalmar o espírito agitado do morto. Quase puderam ouvir o som da água escorrendo para dentro do caixão.

Wuzhang, o primeiro a se recuperar, aproximou-se para pressionar o caixão com o pé. "Que bom", murmurou. "Ele não pulou para fora, o que significa que não quer abrir mão de um caixão assim tão bonito." Então pisou com força e falou: "Melhor assim. Qinsu, você não pode me acusar de ser cruel ou desumano. Foi você quem escolheu o lugar. Este buraco nesta estrada pública é a sua Caverna de Sete *Li*, e quando eu passar por aqui na primavera que vem vou me lembrar de queimar um pouco de dinheiro para o seu espírito".

Não havia viajantes na estrada; nenhuma carroça passou, nenhum cavalo. Uma vez o caixão desembarcado, os dois bois de Nuvem Azul começaram a pastar ao lado da estrada, esperando o carroceiro tornar a pôr-lhes a cangalha. Mas Wuzhang já desistira de consertar o eixo quebrado e soltou um profundo suspiro. "Sem mãos não adianta. Consigo dirigir com os pés, mas preciso de mãos para consertar a carroça." Então, olhando na direção de Nuvem Azul, tornou a suspirar. "É tudo culpa de Qinsu. Eu saí conduzindo uma carroça puxada a bois, porém agora terei de voltar montado no lombo de um boi. Não sei que tipo de punição o chefe Hengming vai escolher para mim, mas, seja qual for, eu a mereço."

Era hora de se separarem, algo de que se deram conta de repente.

Sentado em uma das tábuas da carroça, o menino enxugou uma lágrima do olho e disse: "Eu não quero ir a lugar nenhum. Vou ficar sentado aqui esperando a caravana de um mercador de sal".

"Não é provável que algum mercador de sal passe por um lugar isolado como este." Binu tentou puxar o menino para levá-lo até o carroceiro, mas não conseguiu. Ela então olhou para o Norte. "Se não tiver para onde ir, venha comigo para a montanha da Grande Andorinha."

"Só os tolos vão à montanha da Grande Andorinha", gritou ele, sentindo-se humilhado. "Você pode ser tola, mas eu não sou. Prefiro morrer a ir para a montanha da Grande Andorinha."

O carroceiro e seus bois saíram sacolejando pela luz do crepúsculo, deixando Binu e o menino na estrada. Metade do caixão laqueado de preto continuava submersa e a outra metade exposta ao sol nascente. O que ainda na véspera era um esplêndido e luxuoso caixão estava agora todo salpicado de lama amarela, e tinha um aspecto totalmente deprimente. Como lá de dentro não vinha a voz de nenhum espírito, não podiam saber o que ele queria que fizessem. Talvez o espírito fosse incapaz de decidir o destino do caixão, então Binu resolveu agir. Tentou arrastar o caixão do buraco e empurrá-lo para fora da estrada, ladeira abaixo.

Por mais que tentasse, porém, o caixão permanecia firme. "Venha aqui me ajudar", disse ao menino. "Qinsu pode não ter sido uma pessoa boa, mas foi criado por pais humanos, e não podemos deixar seu caixão na estrada."

"Ele não foi criado por pais humanos. Não era melhor do que eu. Caverna de Sete *Li* uma ova! Pai idoso, mãe idosa, irmãos e irmãs... sei! Tudo mentira. Ele surgiu de uma fenda entre duas pedras, igual a mim."

"Isso não significa que podemos deixar seu cadáver exposto na estrada. Ninguém pode fazer nada em relação a quando e onde nasce. Tudo depende dos nossos pais e da nossa vida anterior. No entanto, por mais dura que seja a sua vida, você precisa de uma boa morte, e precisa ser enterrado. Se Qinsu simplesmente ficar aqui na estrada, vai voltar na próxima vida como um torrão de terra ou um seixo, e as pessoas vão passar o dia inteiro pisando nele."

"Eu não vou ajudar você a fazer nada", disse o menino com desprezo. "Somente um tolo acreditaria em você. Tudo de que você sabe falar é da próxima vida. O que a próxima vida tem de tão maravilhoso? Esta vida aqui já foi ruim o bastante. Se alguma mulher estúpida ousar me dar à luz da próxima vez, vou fazer o possível para rastejar de volta para dentro da barriga dela e me recusar a sair."

O menino não queria ajudar, e o espírito tampouco. Como Binu não conseguia mover o caixão sozinha, desistiu de tentar e foi até o campo vazio, onde partiu um graveto e disse ao menino: "Você já abriu uma bela cova. Vamos abrir outra para Qinsu. Quando homens passarem e virem um buraco, vão entender. Eles são fortes e irão colocar o caixão dentro da cova".

O menino sorriu e apontou para o céu de fim do dia. "É melhor você parar de se preocupar com Qinsu e ir andando. Não ouviu dizer que a floresta está infestada de bandidos? Se não partir agora, poderá esbarrar com eles."

"Minha trouxa se foi, e tudo que tenho é esta roupa de luto." Ela segurou a bainha e examinou-a. "Não, não tenho medo de bandidos."

"Você é mulher. Se não tiver nada que eles queiram, eles levarão você."

Isso lhe deu algo que temer. Ela tornou a correr até a estrada, onde olhou temerosa para os campos desolados em volta. "Sim, está na hora de ir. Terei de deixar o caixão de Qinsu aos cuidados de alguém de bom coração." Tentou levantar o menino, mas ele afastou sua mão.

"Você é surda? Eu já disse que não vou para a montanha da Grande Andorinha. Vou esperar algum mascate passar. Quando ele aparecer, terei comida para comer e roupas para vestir."

"Você planeja mesmo se vender para um mascate? Eles compram coisas velhas e vendem coisas novas, mas não compram nem vendem pessoas."

"Não vou me vender. Além do mais, pessoas que vendem pessoas não vendem a si mesmas. Tenho uma coisa boa para vender, mas não vou lhe dizer o que é." De repente, uma centelha secreta brilhou em seus olhos, que se desviaram, evasivos. Isso, no entanto, não durou mais que um instante, até ele revelar seu segredo. "Não tenho medo de lhe dizer. Vou vender o caixão de Qinsu." Ele esfregou as mãos em um gesto que significava dinheiro. Sua voz ficou aguda. "Vou vender o caixão. As pessoas do Terraço das Cem Nascentes disseram que o caixão de Qinsu valia muito ouro!"

Binu ficou chocada. Tampou os ouvidos com as mãos.

"Por que está fazendo isso? Eu vou vender o caixão de Qinsu, não suas orelhas. Vocês, mulheres, estão sempre fazendo cena. Se achar que está sendo enganada, pode ficar com a roupa de enterro de Qinsu. Você não disse que o seu marido precisa de um casaco de inverno? A roupa de enterro de Qinsu é feita de seda e cetim, exatamente o que o seu marido precisa."

Binu ficou olhando o menino se aproximar do caixão e, como um cervo, pular para cima daquele seu objeto novo e muito grande. Lentamente, ergueu a tampa. "Ainda não está fedendo, mas se não tirar a roupa dele agora será tarde demais."

Binu virou-se e saiu correndo, e não parou até ver um grupo de cabanas de beira da estrada cercadas pelos potes de barro, cachorros e galinhas de agricultores. Percebeu de repente que havia voltado ao mundo humano. Virou-se para olhar para a estrada de onde viera. O caixão de Qinsu parecia uma rocha grande e negra, abandonada ali por uma montanha insensível. Na planície, o poente tremeluzia, e seus últimos raios mornos permitiram que Binu visse o contorno de um cervo. Ela achou que estivesse tendo alucinações, então esfregou os olhos e tornou a olhar. Não havia erro. A figura do menino desaparecera, e agora um cervo estava em pé em cima do caixão de Qinsu.

# Cidade dos Cinco Grãos

Binu ouvira dizer que veria a montanha da Grande Andorinha assim que atravessasse a planície e que se deparasse com uma cordilheira. Mas não esperava que a planície fosse tão vasta, nem que o fim parecesse tão inatingível. Pelo caminho, passou por muitas cidades densamente povoadas e lotadas de gente cujos nomes esqueceu, mas jamais poderia esquecer a cidade dos Cinco Grãos, onde a estrada rumo ao Norte ia terminar. Soldados da região formavam uma parede humana, rechaçando carroças e pessoas, inclusive Binu.

A estrada estava fechada porque o rei viria visitar a cidade dos Cinco Grãos. Alguns diziam que o rei e seu séquito já tinham chegado à região de Pingyang, seguindo um canal que apenas boatos afirmavam existir. Segundo a história, o dia em que o barco de torre dourada ficasse pronto era o dia em que o canal seria aberto para passagem. Mas todos na região de Pingyang sabiam que o barco de torre dourada, doação conjunta das três regiões do Sul, já havia chegado à capital, enquanto o canal, cuja construção era de responsabilidade das quatro regiões do Norte, ainda precisava ser construído. Ninguém sabia quem tivera a audácia de enganar o rei. Certa vez, um pintor traçara um esboço da cena do canal em um pergaminho de mais de dois metros de comprimento, tudo a partir da própria imaginação. Nele, os mastros de centenas de barcos se erguiam como uma floresta, enquanto a margem do canal estava repleta de pessoas e animais. O rei ficou comovido com essa cena encantadora, e o boato que corria pela região de Pingyang era que ele e seu séquito rumavam para o Sul com aquele pergaminho, rebocando o barco de torre dourada através da região em busca do canal.

Do lado de fora do portão da cidade dos Cinco Grãos, as pessoas comentavam sobre o rei enganado, o lindo pergaminho e o barco de torre dourada construído pelas mãos habilidosas de novecentos artesãos. Era a visão mais incrível da procissão do rei, ou assim dizia quem morava perto da capital. Como um dragão gigante entre as carruagens imperiais, o barco seguia o rei em sua viagem rumo ao Sul. Ventos sopravam e nuvens se juntavam por onde quer que ele fosse, deixando em seu rastro uma aura dourada.

Uma criança no meio da multidão gritou: "Não existe canal; o barco nunca vai zarpar. Cabeças vão rolar quando o rei descobrir".

As pessoas no portão se viraram para olhar para o menino e suspiraram. "Se até uma criança sabe o que vai acontecer, qual é o problema com todos esses oficiais? Tem alguma coisa errada nisso tudo."

Outro menino, ávido por atenção, disse: "Canais não precisam estar acima do chão. O que os faz pensar que sejamos dignos de ver com os próprios olhos o canal do rei?

Ele corre debaixo da terra, e é lá que o barco de torre dourada vai navegar".

Suas palavras foram recebidas com vaias. Mas então alguém apontou para a própria testa e, com os olhos e as mãos, fez gestos que sugeriam um boato ainda mais assustador — o de que havia alguma coisa errada com a cabeça do rei.

"Não se engane pensando que, só porque apontou para a própria testa sem dizer nada, você não tem nada a temer", alertou-o alguém. "Precisa controlar a língua *e* as mãos. Se um funcionário do rei o visse, seus gestos ou suas palavras poderiam fazê-lo perder a cabeça com a mesma facilidade."

Binu ficou escutando toda aquela conversa sobre questões de interesse nacional sem entender uma só palavra. Mas então percebeu que muitas pessoas erguiam os olhos para o portão da cidade, e acompanhou o olhar delas. "Que objetos são aqueles?", perguntou. "Serão melões? Por que estão pendurados tão alto?"

Um velho que estava perto dela riu. "Melões? Não do tipo que se come. Olhe com mais atenção."

Ela o fez, e então soltou um grito agudo. Ergueu a manga da roupa para cobrir os olhos, mas seu braço desabou e ela caiu no colo do velho, que a deitou no chão. Todos o encaravam.

"Pergunto-me de que aldeia ela vem", disse ele, encabulado e zangado ao mesmo tempo. "Uma mulher dessa idade que nunca viu uma cabeça humana."

Uma mulher bondosa se aproximou e deu um tapinha de leve na bochecha de Binu, incentivando-a a abrir os olhos. "Uma pessoa de boa família não tem por que sentir medo. Somente bandidos e assassinos têm medo de cabeças humanas. Abra os olhos e olhe bem. Então nunca mais terá medo. Não vai ficar cega se olhar para elas. Na verdade, isso lhe fará bem, porque você vai tomar ainda mais cuidado com o que disser e fizer daqui para a frente." Na opinião da mulher, aqueles homens mereciam morrer. Algumas das outras vítimas, por sua vez, tinham tido uma morte injusta, perdendo a vida por serem incapazes de controlar a própria língua.

Binu ficou olhando, chocada e atônita, fechando a boca inconscientemente para esconder a língua até precisar respirar fundo. "Irmã maior", disse ela, "toda essa sua conversa é para me alertar sobre perder a língua? Como algumas palavras podem custar a língua a alguém? Na aldeia do Pêssego éramos proibidos de derramar lágrimas, mas depois de algum tempo nos acostumamos com isso. Mas se as pessoas não puderem fazer fofoca, isso vai transformar todas elas em mudas voluntárias, não é?"

"Tudo depende do tipo de fofoca." A mulher franziu o cenho. "Isso que você acabou de dizer poderia lhe causar problemas, essa história de mudos voluntários ou involuntários. Se um funcionário do rei a escutasse, poderia acusá-la de crime contra o Estado. De toda forma, você precisa segurar a língua. Diga apenas o que deve dizer, e não o que não deve."

Binu reparou que, quando a mulher falava, seus lábios se moviam à velocidade da luz, mas ela nunca mostrava a língua.

O grande sino de bronze badalou na torre do portão, sinal para as pessoas entrarem na cidade. O som provocou uma sensação de pânico no coração das pessoas, mas também animou a multidão indolente. Mulheres chamaram os filhos com vozes agudas à medida que a fila caótica de pessoas se estendia pelo pé da muralha; enquanto a turba se dividia em grupos, ninguém olhava para as cabeças penduradas no muro da cidade, com exceção das crianças. Sem saber a que grupo pertencia, Binu acabou se juntando a um bando de refugiados de roupas puídas. Quando chegaram aos portões, tornaram a se separar: os homens se enfileiraram junto a um grande portão e as mulheres e crianças junto a um portão menor. Binu ficou perto das mulheres. Um soldado se aproximou para examinar mais de perto suas vestes fúnebres já quase pretas.

"Quem da sua família morreu? Como foi que a sua roupa de luto ficou tão suja?"

Binu estava prestes a responder quando se lembrou do alerta para segurar a língua, então só fez apontar para o Norte. Imaginando que ela fosse uma viúva recente, o soldado lhe perguntou sobre o falecido.

"Como foi que seu marido morreu? Foi decapitado pelo governo por roubo, morreu de peste durante o verão ou sacrificou a vida na fronteira como guarda?"

Binu sabia que dizer a verdade só lhe traria problemas, mas como não sabia mentir mordeu a língua e ficou calada, tornando a apontar para o Norte.

"O seu marido morreu no Norte? Você é muda? Como é que fomos arrumar mais um mudo?" Ele olhou bem para a expressão de Binu e ficou desconfiado. "Que estranho", disse. "Por que é que há tantos mudos na estrada hoje? Vá para o lado oeste da cidade. Todos os mudos, cegos, mancos, doentes ou estrangeiros devem ser examinados no portão oeste."

A fila no portão oeste não estava comprida. Na sua frente havia um vendedor de doces vestido com uma túnica preta. Visto de trás, o homem parecia alto e robusto. Era uma visão incomum. Como todos os jovens haviam sido convocados para trabalhar no Norte na primavera anterior, já não se viam homens como aquele na estrada. Das duas, uma: ou estavam trabalhando na Grande Muralha, ou então como carregadores no Palácio dos Mil Anos. Binu se perguntou como aquele sujeito conseguia andar pelas estradas vendendo doces, então saiu da fila e foi até a frente dar uma olhada nele.

O homem se virou para ela e perguntou: "Quer comprar um doce, irmã maior?".

Binu viu no rosto jovem, porém cansado do homem, um par de olhos argutos e brilhantes a examiná-la; ele era calmo como um gavião, mas tinha um indescritível poder de aterrorizar. Sacudindo a cabeça, ela recuou. Lembrava-se daqueles olhos; pertenciam ao cortesão que encontrara em Ravina da Grama Azul. O homem mascarado era tão alto e robusto quanto aquele ali, e seus olhos eram igualmente gélidos. Também se lembrou de que a túnica preta do cortesão mascarado exalava um aroma almiscarado. Então uma rajada de vento soprou pelo portão, erguendo uma borda da túnica do homem, e Binu sentiu o mesmo cheiro intrigante.

Abriu a boca, mas novamente se lembrou do alerta da mulher, então cobriu-a com a manga e cutucou o homem com o dedo. Ele tornou a se virar, porém dessa vez seus olhos estavam tomados de repulsa.

"Irmã maior, não faz mal se não quiser comprar um doce, mas por favor não me cutuque. Posso ver que está de luto, e não deveria se mostrar tão íntima."

Binu ficou vermelha de tanta vergonha, no entanto continuou convencida de que aquele era o mesmo homem que viajara na carroça puxada a boi. Por que ele fora vender doces na cidade dos Cinco Grãos? "Eu não o teria cutucado se não o conhecesse", acabou dizendo, incapaz de se conter. "Já que é um cortesão do Terraço das Cem Nascentes, por que veio aqui vender doces? Eu o cutuquei porque o estou reconhecendo."

"Que história é essa? Eu não conheço você."

"Você não me conhece, irmão maior, mas eu conheço você. Tenho a visão tão aguçada que sou capaz de reconhecer os pássaros voando acima de nossas cabeças. Eles saem voando em um ano, e lembro-me deles quando voltam voando no ano seguinte. Você também está a caminho da montanha da Grande Andorinha, não está? Se não, não estaria passando pela cidade dos Cinco Grãos. Depois de caminhar durante dias, finalmente encontrei algum conhecido. Depois que o rei for embora, vamos viajar juntos e cuidar um do outro."

"Eu não estou a caminho da montanha da Grande Andorinha, nem posso cuidar de você. Sou aleijado. Você tem duas pernas, mas eu só tenho uma. Como é que um perneta vai poder cuidar de alguém com duas pernas?" Ele a olhou com frieza, em seguida abriu a túnica e falou: "Veja. Eu só tenho uma perna. Por que outro motivo teriam me colocado na fila do portão ocidental para entrar na cidade?".

Cheia de dúvidas, Binu se curvou e viu que alguma coisa de fato estava faltando debaixo da túnica preta dele. Ele tinha uma perna boa e um coto envolto em um pano. "Mas você tinha duas pernas, disso eu tenho certeza. Quando desceu das colinas em Ravina da Grama Azul, corria mais depressa do que um cavalo." Binu agarrou o coto para ver melhor e disse, com a voz cheia de surpresa: "Faz apenas quinze dias que deixei Ravina da Grama Azul. Como foi que conseguiu perder uma perna tão depressa?"

167

"Estou lhe dizendo, nunca vi mulher tão atrevida. Uma mulher vulgar, de mão obscena. Como se atreve a agarrar a perna de um homem?"

Binu sentiu alguma coisa bater em sua mão; ele a havia açoitado com sua vara. Ela ergueu os olhos e viu que a expressão gélida fora substituída por uma chama de ódio.

"Controle essa mão", disse o homem, "e preste atenção na sua língua. Vou lhe dizer uma coisa: com a situação tão caótica na cidade, matar uma mulher desavergonhada seria mais fácil do que esmagar um inseto."

As pessoas que já estavam do lado de dentro do portão se viraram para examinar Binu com olhares penetrantes.

"Por mais difícil que seja uma vida", disse uma mendiga de ar altivo, "uma mulher não deve abrir mão da própria castidade. Olhem só para ela: ainda nem tirou as vestes fúnebres e já está seduzindo um homem."

Um casal que parecia mudo lançou olhares de repulsa para Binu e gesticulou com raiva: "Que mulher desregrada! Até mesmo uma cadela no cio conhece o seu lugar, mas ela não".

A humilhação fez os olhos de Binu se encherem de lágrimas. Por que tipo de mulher a estavam tomando? O olhar unânime e mau de toda a multidão a amedrontou, e ela se arrependeu de não ter seguido o conselho da mulher. Não deveria ter aberto a boca tão depressa na cidade dos Cinco Grãos. Bastaram três comentários seus para eles a transformarem em uma mulher desregrada. Envergonhada e com raiva, teve o impulso de seguir o costume da aldeia do Pêssego e cuspir três vezes naquelas pessoas, mas faltou-lhe coragem. Então resignou-se a erguer a manga da roupa para cobrir a boca e recuar para se esconder no meio da multidão.

O sino da torre havia parado de badalar, fazendo as pessoas que queriam entrar na cidade se precipitarem freneticamente em direção ao portão. Ainda sentindo os efeitos da humilhação, Binu ficou olhando para suas costas e os seguiu, mantendo distância do misterioso aleijado. Por cima da cabeça e dos ombros das pessoas que os separavam, viu a carrocinha de doces e os pequenos bonecos de açúcar oscilando contentes no ar. Os bonequinhos de açúcar — fadas, divindades, fantasmas e querubins — lançavam para Binu seus sorrisos congelados.

O cheiro azedo de corpos humanos, de suas roupas e bagagens, saturava o ar. Alguém tossiu e cuspiu uma bolota de catarro. Era um tísico, que mal se aguentava em pé atrás de Binu; obviamente influenciado pela opinião geral, havia decidido que ela era uma mulher desregrada. Assim, depois de um violento acesso de tosse, pôs a mão debaixo de sua roupa. No início ela não gritou, apenas deu-lhe um tapa na mão, andou para a frente e fechou mais a roupa. Mas ele também avançou, e sua mão magérrima e ossuda e um órgão macio e secreto se uniram para prender-se às suas nádegas. Dessa vez ela gritou; seus lábios se moveram algumas vezes, e as lágrimas começaram a correr. Ela cobriu os olhos com a manga da roupa.

Cambaleando, lutando para se libertar, Binu estendeu a mão e tocou o rosto de muitas pessoas. Procurando não se machucar, estas recuaram e lhe abriram caminho. Assim, qual uma roda, Binu foi girando até chegar ao lado do homem que vendia bonequinhos de açúcar. Ele se levantou ao ver Binu vindo bem em sua direção. Um pulo ágil sobre a única perna o fez sair da sua frente com facilidade. As lágrimas já escorriam por seu rosto quando ela caiu no chão. A multidão a viu apontar para o tísico; seus lábios se moviam, mas nenhum som saía deles. Tudo que conseguiam escutar eram soluços frágeis como os de um bebê.

"De onde saiu essa mulher?", comentou alguém depois de analisar o seu pranto. "Uma mulher adulta não deveria chorar como um bebê."

Outra mulher, comovida com o que via, aproximou-se de Binu com pena e a tocou. "Não chore", disse. "Você não deve chorar depois de ter passado pelo portão. É uma regra da cidade dos Cinco Grãos, e tem sido assim há cem anos."

Binu afastou todas as mãos estendidas em sua direção, sentou-se no chão, resoluta, e chorou, espalhando lágrimas para todos os lados.

As pessoas que tentavam fazê-la se levantar deram um pulo para trás, escondendo o rosto com as mãos. "De onde veio essa mulher: da água? Ela chora como a chuva; minhas roupas ficaram todas molhadas."

Os lamentos de Binu chamaram a atenção dos guardas do portão, que acudiram correndo, aos gritos de: "Quem está chorando? Quem está chorando no portão? Você já se cansou de viver?".

As pessoas se afastavam de Binu em um frenesi e apontavam para ela. "Façam alguma coisa com essa mulher. Basta um pouquinho de maus-tratos e ela se põe a chorar como a chuva."

Os guardas repararam em suas roupas fúnebres e viram que a barra de sua túnica já estava mergulhada em uma poça d'água. Puxaram-na com violência para fazê-la levantar. "Por que você veio chorar aqui em vez de ir para o cemitério? Até uma criança de três anos sabe que não se pode verter lágrimas dentro da cidade dos Cinco Grãos. A punição é a morte. Uma mulher adulta deveria saber disso."

"Ela apenas está implorando para morrer", exclamou

o tísico, que havia tornado a se aproximar pelo meio da multidão. "As lágrimas dela estragaram o excelente *feng shui* da cidade dos Cinco Grãos, e por isso ela deveria perder a cabeça."

As pessoas olhavam para os guardas com o semblante sério, esperando algo acontecer. Eles passaram alguns instantes murmurando entre si antes de enviar um colega jovem com uma lança. A atenção da multidão recaiu na ponta brilhante da lança quando o guarda começou a rodear Binu. "Vão decapitá-la aqui mesmo. Ela vai perder a cabeça."

Mas alguém que sabia algo sobre decapitações criticou discretamente a arma do guarda. "Uma lança? Não vai funcionar. Precisam usar um sabre de carrasco."

Com a voz trêmula, uma mulher avisou ao filho: "Seja bonzinho. Não chegue perto demais ou suas roupas ficarão salpicadas de sangue".

Aos poucos, começou-se a ouvir dúvidas na multidão. "Isso não parece uma decapitação. Talvez eles não o façam. Não, não vão fazer, não vão decapitá-la."

A ação seguinte do jovem guarda foi uma surpresa; ele simplesmente ergueu com a ponta da lança a manga que cobria o rosto de Binu e estudou suas faces banhadas de lágrimas. "Chore, vamos, pode chorar. Vamos deixar você chorar bastante." Era impossível saber se ele estava brincando com ela ou se a estava de fato incentivando a chorar. A multidão o viu tocar-lhe o rosto com o indicador, depois olhar para o dedo e gritar: "Ei, olhem só esta lágrima, é grande como uma pérola. Fica em pé sozinha no meu dedo".

"Olhar apenas não basta", disseram os outros guardas. "Se o sabor não estiver correto, pouco importa o tamanho. Vamos, veja que gosto tem."

O jovem guarda espantou algumas crianças curiosas

antes de se virar cautelosamente para levar à boca o dedo com a lágrima. Todos os olhos estavam cravados nele.

"Ele está pondo a lágrima na boca!", gritou um dos espectadores surpresos. "Que diabos está fazendo? Será que as lágrimas dela são algum tipo de iguaria?"

O jovem guarda estava concentrado no sabor da lágrima; de repente, sua língua nervosa parou de se agitar e seu cenho franzido relaxou, ao mesmo tempo que uma luz animada brilhava em seu olhar. "Ótima lágrima. Não salgada demais, um tiquinho doce, um pouco azeda, um pouco amarga, e também um pouco apimentada. Deve ser a melhor lágrima de toda a cidade dos Cinco Grãos."

Os outros guardas saltaram de alegria. Um deles se levantou e foi dar um tapinha no ombro do colega. "Muito bem", disse, elogiando o jovem guarda. "Você não perdeu o tempo que passou na botica. Graças à sua língua, encontramos as melhores lágrimas da cidade dos Cinco Grãos."

Os guardas da cidade dos Cinco Grãos ficaram contentes ao saber que seriam recompensados por algo que não haviam feito. A multidão não fazia ideia do que estava acontecendo. Uma decapitação rara, resposta para suas preces, estava prestes a ocorrer quando, de forma inexplicável, tudo terminou sem que nada acontecesse. Com a decepção aparente no rosto, as estupefatas pessoas bombardearam os guardas com perguntas.

"O que aconteceu? Por que pouparam a mulher? Hoje por acaso é alguma data especial para o rei? Ele vai perdoar a todos?"

Sem poder revelar os detalhes, os guardas deram a entender que a mulher não estava fadada a morrer. A resposta não sossegou a multidão.

"Por que ela foi poupada? Sob que pretexto?"

Cada vez mais impacientes, os guardas gritaram: "Sob o pretexto de que as lágrimas dela são grandes, sob o pretexto de que as lágrimas dela têm cinco sabores diferentes. Vocês não ouviram dizer que a poção de lágrimas do caldeirão medicinal do mestre Zhan está secando? Não é nenhum motivo para alarme. Por acaso estariam com um pouco de inveja?".

Sob o olhar surpreso da multidão, Binu foi deixando um rastro de lágrimas prateadas enquanto era carregada pelos guardas através do portão. Quem estava mais na frente os viu depositá-la junto a uma pilha de lenha, ao lado de um carrinho de mão.

Os refugiados que aguardavam junto ao portão da cidade viram Binu e a lenha serem arrumados três vezes antes de ela conseguir ficar bem acomodada no carrinho de mão. Somente seu rosto e um dos ombros apareciam do lado de fora da pilha. Ela continuou chorando, erguendo os olhos para o céu, enquanto seu corpo era engolido pela lenha. Suas lágrimas caíam sobre a madeira como chuva, causando alguma preocupação de que a lenha não fosse queimar. Só muito depois de o carrinho de mão sumir de vista as pessoas ficaram sabendo que Binu não fora levada para ser usada como lenha, que ela não apenas havia escapado de uma catástrofe mas que de fato estava sendo levada para trabalhar na mansão Zhan. Trabalhar com o quê, porém? Chorando: trabalhar como chorona. Acontecia que a mansão Zhan estava precisando com urgência de lágrimas humanas para fazer remédios. Ninguém na multidão conseguia acreditar no que estava ouvindo, reação muito previsível. Um mascate de remédios que tinha relações estreitas com a Seção de Alimentos e Remédios dos Zhan revelou à multidão que a sombra escura da doença havia se abatido sobre a mansão.

O prefeito Zhan mandara buscar um antigo médico do Palácio da Longevidade que agora estava aposentado no Templo da Floresta de Pinheiros. Convencido de que uma aura maligna tomara conta da mansão, o médico ressaltou a importância de suplementar e corrigir essa aura, e deu-lhes uma receita cujo único ingrediente especial eram lágrimas que contivessem os cinco sabores humanos: amargo, salgado, doce, azedo e apimentado. O prefeito Zhan pensou que o médico estivesse brincando com ele, mas não se atreveu a contradizê-lo, visto o alto status e a excelente reputação do homem, bem como as numerosas e raras doenças que ele havia curado em três reis. O prefeito Zhan era a pessoa mais importante da cidade dos Cinco Grãos, mas nem todo o seu poder e dinheiro eram capazes de comprar todas as lágrimas de que precisava. Ele então obrigou todos os funcionários e soldados da cidade a jurarem encontrar a mulher mais triste da cidade dos Cinco Grãos e conseguirem as maiores e mais saborosas lágrimas que existissem.

A sorte lhes sorrira nesse dia, pois haviam encontrado as lágrimas de Binu. Ainda não de todo convencidos, os refugiados ficaram debatendo o valor medicinal das lágrimas. Alguns molhavam os dedos nas próprias lágrimas e corriam atrás do jovem soldado que provara a lágrima de Binu. Mas suas tentativas foram todas rejeitadas. Uma vez o carrinho de mão em movimento, uma fileira de bandeirolas foi erguida bem alto acima da torre de sentinela, enviando um recado a todas as torres de vigia da cidade. Um velho no portão da cidade, que fora porta-estandarte quando moço, leu a mensagem para todos: "Encontrada a mulher mais triste. As maiores e melhores lágrimas estão a caminho da mansão Zhan".

# Poção de lágrimas

Os criados da Seção de Lenha fizeram Binu tirar a roupa de luto antes de entrar na mansão Zhan. Ela despiu a túnica devagar e ficou segurando-a nos braços em meio à lenha enquanto chorava.

Uma criada se aproximou e lhe disse: "Não chore ainda. Não temos uma urna de lágrimas, e você as está desperdiçando deixando-as cair todas sobre a lenha".

Arrancaram-lhe a túnica das mãos e jogaram-na em cima da lenha, mas, ao verem seus olhos chorosos fixos na roupa, perguntaram: "Está com medo de tirarmos sua túnica de você? Quando há um funeral na mansão Zhan, até os leões de pedra vestem túnicas brancas de brocado macio. Não nos condene só porque trabalhamos no barracão de lenha".

Binu continuou a fitar a túnica em silêncio, provocando um olhar de desprezo nas criadas, uma das quais pegou a roupa com uma vara comprida e depositou-a em cima da pilha mais alta de lenha. "Não quer se separar dela, é isso?

Muito bem, então, não vamos queimá-la. Vamos guardá-la para você até que tenha terminado de chorar."

Um velho de barba comprida veio buscar Binu. Seguindo um forte rastro aromático, conduziu-a até um cômodo escuro onde o remédio era preparado. Um líquido que fervia dentro do caldeirão saturava o cômodo cheio de vapor com um aroma pungente. Um ajudante cuidava do fogo com grande concentração, enquanto outro picava ervas sobre uma mesa e um terceiro mexia o líquido dentro do caldeirão. Em um canto do cômodo, mulheres e crianças — tanto meninos quanto meninas — estavam sentadas no escuro, chorando dentro de urnas que seguravam nas mãos.

"Temos uma nova chorona", disse a velha criada para alguém no canto escuro. "Tragam-lhe a maior urna que houver."

Uma mulher parruda emergiu da escuridão com uma urna que tinha metade da sua altura. "Ouvi dizer que as suas lágrimas são grandes e muito boas", disse a Binu. "Gostaria de ver quão grandes e quão boas."

Os outros chorões também tinham ouvido dizer que a recém-chegada possuía lágrimas excepcionais, então, de vez em quando, erguiam os olhos das urnas para avaliar Binu, com os olhos cheios de desconfiança e animosidade. O criado que picava ervas aproximou-se e instruiu-a com educação: "Não se apresse e mire dentro da urna. Pare para descansar de vez em quando", disse. "Não precisa se matar de tanto chorar. Não vai ser bom para ninguém. Tudo que queremos são as suas lágrimas. Avise-me quando houver enchido metade da urna. Precisamos provar antes de jogar as lágrimas no caldeirão."

Binu sentou-se com a urna nas mãos e ficou olhando para os outros chorões que tentavam mirar as lágrimas dentro das urnas com grande precisão. Seus olhos escorriam como beirais de casas após a chuva, e o cômodo parecia uma estranha oficina de produção de lágrimas. Binu olhou em volta com uma expressão vazia no rosto, sabendo que era hora de começar a chorar, e pensando que as roupas de inverno de Qiliang continuavam perdidas. Tomada de preocupação, não conseguiu chorar.

"As minhas lágrimas são doces", comentou um menino que havia parado subitamente de chorar e olhava para Binu com raiva. "Que gosto têm as suas? Vocês, adultos, podem até ter muitas lágrimas, mas elas são amargas, azedas ou salgadas. Vocês não conseguem verter lágrimas doces."

Antes de Binu conseguir responder, uma mulher sentada ali perto disse, com a voz cheia de inveja: "Ela chora as melhores lágrimas da cidade dos Cinco Grãos. Lágrimas doces não significam nada. Ela verte lágrimas de cinco sabores. Imagino o tamanho da recompensa que vai ganhar".

"O que é uma lágrima de cinco sabores? Só pode haver um sabor nas lágrimas que saem dos olhos. Deixe-me provar uma dessas lágrimas dela. Devem ser uma farsa." Inclinando-se para examinar a urna de Binu, o menino estava prestes a enfiar o dedo lá dentro quando viu que estava vazia. "Por que não está chorando? Por acaso não sabe chorar? Nunca lhe aconteceu nada de triste?"

"Eu sei chorar sim, criança. Muitas coisas tristes já me aconteceram; mas é que, quando me sento para chorar, não consigo pensar em nenhuma delas."

"Você precisa tentar. Pense na coisa mais triste que já lhe aconteceu. Eu penso em como meu pai me abandonou dentro de um viveiro de patos e só fui encontrado quando alguém foi recolher os ovos. Estava coberto de penas e excrementos de pato! Até hoje as pessoas me chamam de Penas de Pato, e minhas lágrimas correm toda vez que penso nesse nome." Enquanto falava, ele segurava a urna debaixo do rosto para recolher cada lágrima que caía. Prosseguiu falando. "As lágrimas doces de uma criança são as mais raras, e é preciso muito tempo para encher meia urna que seja com elas. Não faço ideia do que deixa as mulheres tristes ou de como fazê-las chorar. Vá perguntar àquelas mulheres ali."

As poucas mulheres entretidas chorando mostraram-se reservadas de início, mas depois de algum tempo sem escutar nenhum som vindo da urna de Binu, ergueram os olhos e olharam-na com raiva.

"Apresse-se", disse uma delas. "Só vai receber depois que sua urna estiver cheia. Posso ver que teve uma vida difícil, então como pode não ter nada triste em que pensar? Feche os olhos e vai conseguir."

Pensando que os outros chorões estivessem impedindo Binu de chorar, o ajudante veio enxotá-los. "Estão esperando suas lágrimas de cinco sabores lá no caldeirão", instou ele. "Uma urna sua provavelmente vai valer o mesmo que cinco urnas dos outros, então certifique-se de chorar bastante."

"Eu quero chorar", disse Binu," quero mesmo, mas chorar assim é fingir, e simplesmente não consigo fazê-lo."

O ajudante piscou. "Alguém da sua família não acabou de morrer? Foi o seu marido? Como é que vai passar o resto da vida sem ele? Pense nisso."

"Não o amaldiçoe!", exclamou Binu, chocada. "Meu marido Qiliang está trabalhando na Grande Muralha na montanha da Grande Andorinha. Ele não morreu. Por favor, senhor, cuspa no chão três vezes, por favor faça isso por mim."

O ajudante das ervas cuspiu no chão três vezes e esfregou o pé no chão enquanto um sorriso imperceptível surgia nos cantos de sua boca. "Depois de chegar à montanha da Grande Andorinha, ele só vai ter metade da vida pela frente, quer esteja amaldiçoado ou não." Olhou para Binu, depois para as mulheres no canto. "O seu marido não é o único que está lá. Pergunte só àquelas mulheres de lágrimas amargas; pergunte-lhes quantos de seus maridos voltaram vivos."

Depois de um longo silêncio, Binu começou a escutar uma cacofonia de confissões das mulheres que choravam lágrimas amargas.

"Mais homens morreram extraindo pedras na montanha da Grande Andorinha do que em qualquer outro lugar. Eles provocaram a ira da Divindade da Montanha, que fez cair avalanches sobre os que trabalhavam com mais afinco. Meu marido era um deles."

"Mais pessoas morreram na minha família do que em qualquer outra. Meu marido e três dos meus irmãos sucumbiram à montanha da Grande Andorinha. O caçula tentou fugir, mas foi pego no meio do caminho e enterrado vivo."

As confissões foram seguidas por soluços de cortar o coração. Binu largou sua urna e aproximou-se das viúvas da montanha da Grande Andorinha. Segurando as mãos de uma delas, falou: "Irmã maior, você disse que quebrar pedras causou a ira da Divindade da Montanha. O meu marido Qiliang está construindo a muralha; ele não vai causar essa ira, vai?".

A viúva retirou as mãos e acenou-as no ar com uma

expressão triste. "Os que quebram as pedras causam a ira da Divindade da Montanha, mas os que constroem a muralha também não podem escapar dela. Todos eles vão morrer."

O coração das viúvas da montanha da Grande Andorinha encheu-se de grande tristeza e causou uma abundante enxurrada de lágrimas. Sons de água caindo começaram a sair das urnas em seus colos. Incentivadas pelo barulho dessa enxurrada, as mulheres mais velhas, que choravam lágrimas amargas, as moças de lágrimas salgadas e apimentadas, e até mesmo as crianças com suas lágrimas doces começaram a chorar copiosamente. O coro de lamentos, acompanhado por gritos lancinantes, encheu o cômodo escuro à medida que os chorões miravam os rostos contorcidos para a boca das urnas. Diante dessa nova leva de lágrimas, os ajudantes do caldeirão e das ervas não sabiam se deviam reagir com alegria ou preocupação; corriam de um lado para o outro lembrando às pessoas para soluçarem, e não uivarem. O ajudante que picava ervas ficou calmamente vigiando Binu, que tremia em meio a todos aqueles soluços. Podia ver-lhe o rosto, branco como um lençol naquele cômodo escuro; então uma luz prateada tremeluziu, seguida por um jorro de lágrimas.

"Dentro da urna", gritou ele. "Mire na urna."

Mas ela deixou cair a urna e se pôs de pé. O ajudante das ervas a viu sair cambaleando do cômodo, deixando atrás de si um rastro de lágrimas. Recolheu a urna e foi correndo atrás dela, alcançou-a, mas só conseguiu recolher algumas gotas preciosas. Em pânico, largou a urna e continuou a persegui-la, porém ela já desaparecera no final do corredor sinuoso. Tudo que ele conseguiu foi gritar para as costas dela em prantos: "Volte aqui, você receberá sete moedas por uma única urna de lágrimas".

Mas moedas nada significavam para Binu, que fugia da notícia da morte em tamanho frenesi que parecia capaz de correr até chegar à montanha da Grande Andorinha.

# Assassino

Binu cogitou voltar para a Torre dos Cinco Grãos, onde pequenos negociantes e mascates da cidade, com suas esteiras de junco, seus fogareiros e gravetos, armavam barracas na beira do bosque de olmos, mas era orgulhosa demais para pedir ajuda. De repente, sentiu que alguém a observava; era o aleijado que vendia bonequinhos de açúcar. Sua silhueta alta parecia uma montanha. Nos dois dias desde que ela o vira pela última vez, ele ficara muito mais emaciado; seu rosto imponente agora estava taciturno, o que lhe dava um aspecto sombrio. Binu percebeu que o único pé que tinha estava descalço, sem a bota de palha usada pela maioria dos homens da região de Nuvem Azul. Seu carrinho de doces outrora repleto agora estava encostado no muro; metade dos doces desaparecera e a outra metade tinha um aspecto desolado.

No início, ela se esquivou de seu olhar, sem querer encontrar ninguém que houvesse testemunhado sua humilhação. Agachou-se e afastou-se do muro, mas, depois de alguns passos, virou-se. Os olhos do homem, na véspera frios e brilhantes como os olhos das pessoas que desciam de Ravina da Grama Azul anos antes, estavam agora cheios de preocupação e tristeza; lembraram-lhe os olhos de Qiliang no barracão de bichos-da-seda naquele verão. É claro que aquele homem não era Qiliang, mas era de Ravina da Grama Azul, e na cidade dos Cinco Grãos, onde ela não conhecia ninguém, encontrar um antigo companheiro de viagem, por mais indiferente que pudesse ter se mostrado, era um privilégio raro. Ela hesitou por vários instantes antes de se aproximar. Parando na sua frente, olhou para o seu pé descalço e disse: "Irmão maior, você não deveria andar descalço em um dia frio como hoje".

Lançando um olhar de relance para a rua, ele disse, sarcástico: "Em um mundo grande como este, e com tantas ruas e vielas na cidade dos Cinco Grãos, por que você insiste em esbarrar comigo?".

Binu olhou para ele com raiva. "Como pode dizer uma coisa dessas? Quem não iria querer esbarrar com um rosto conhecido longe de casa? Esta rua é pública. O que o faz pensar que eu tive a intenção de esbarrar com você?"

"Olhe a boca! Esqueceu de como ela quase lhe causou problemas da última vez? Eles a levaram embora junto com a lenha, mas hoje você pode não ter tanta sorte. Se não parar de falar, eles podem levá-la para o matadouro."

"As suas palavras são mais letais do que veneno", disse Binu, assustada. "Foi a sua boca que me causou problemas no outro dia." Ela deu-lhe as costas e se afastou, zangada. Mas então parou, tornou a se virar e disse: "Eu não estava interessada em conversar com você. Só pensei que, como vendia suas mercadorias na cidade, você pudesse saber quando o rei vai chegar e quando a estrada vai reabrir".

"Vá perguntar ao rei quando ele vai chegar", disse o homem, virando-se de frente para o muro. "E, como estou preso aqui, pouco me interessa quando a estrada vai reabrir. Uma criança roubou minha bota. Passei anos viajando por estradas traiçoeiras e nunca imaginei que a minha reputação fosse ser arruinada por um pirralho."

Binu continuava com raiva. "Como é possível um homem ficar tão irritado por causa de uma bota? Você sabe falar palavras grandiosas, mas é só o que sabe fazer!"

"Se eu lhe contasse as coisas que fiz, você ainda assim não iria entender. Agora saia de perto de mim." Ele continuava de frente para o muro. "Se vir uma criança calçada com a minha bota, venha me avisar; se não, fique longe de mim. Será melhor para você conversar com o rei do Mundo Subterrâneo do que comigo. Você poderia perder a vida e não saber por quê."

Ele se virou e sussurrou para ela: "Lembra-se da montanha do Norte? Lembra-se do chefe Xintao? Não grite quando eu lhe disser quem sou. Sou o assassino Shaoqi, último descendente do chefe Xintao. O meu avô foi responsável por fazer as trezentas pessoas da sua montanha do Norte correrem grande perigo, e é por isso que estou tentando poupá-la. Agora, por favor, saia correndo o mais depressa que puder".

Binu passou alguns segundos atônita. Não conseguia acreditar no que ele dizia. Todos que cresciam no sopé da montanha do Norte sabiam que o chefe Xintao não deixara nada nesta Terra a não ser um grande buraco na montanha. Todos os membros da família do chefe Xintao nos três condados do Sul, de velhos grisalhos a bebês recém-nascidos, haviam sido executados.

Binu gritou: "Cuidado, os muros têm ouvidos. Irmão

maior, você não está me assustando, mas está entrando em território perigoso".

Pessoas dos dois lados da rua espicharam a cabeça para olhar para eles, fazendo Binu entrar em pânico.

"Serei sua testemunha se alguém quiser lhe causar problemas", disse ela baixinho. "Mas você não é neto do chefe Xintao. Você não me conhece, mas eu conheço você. Você é cortesão do chefe Hengming, da região de Nuvem Azul."

"Eu *sou* neto do chefe Xintao, e foi por isso que me tornei cortesão do chefe Hengming." Já sem paciência, o homem lançou outro olhar para as carroças de algodão e continuou, com a voz parecendo um rosnado: "Você acha que vai ser minha testemunha. Bem, ninguém será a sua testemunha se você não correr para salvar a própria vida".

Binu ouviu-o soltar um xingamento, e então ficou chocada ao vê-lo erguer a carrocinha de doces e atirá-la em cima dela, fazendo os bonequinhos se espalharem pelo chão. Ela gritou e desceu a rua correndo, somente para dar de cara com um grupo de oficiais de segurança precipitando-se em sua direção usando uniformes pretos, alguns trazendo porretes com pregos. Ela virou para o outro lado, mas só conseguiu dar poucos passos quando alguns carroceiros saltaram de suas carroças e sacaram porretes das pilhas de algodão. Soldados montados chegaram galopando de mais longe ao oeste, bloqueando as saídas da rua.

No início, Binu pensou que os oficiais de segurança tivessem sido enviados pelo prefeito Zhan, mas por que ele iria mandar tantos deles só para prender uma mulher e conseguir lágrimas para um remédio? Sentindo-se perdida, ficou parada na rua, vendo os oficiais avançarem e agarrarem o vendedor de doces. Seu líder vociferou uma ordem: "Não o deixem se apoiar no muro — ele pode pular por cima. Segurem-lhe os braços com força e não o deixem sair voando!".

Entre os gritos de espanto de tecelões, costureiras e crianças, as silhuetas dos oficiais rodearam o vendedor, enquanto um deles, triunfante, puxava uma espada reluzente da carrocinha de doces.

"Assassino! Ele é um assassino! Pegamos o assassino!"

A rua se encheu de gritos e vivas. A palavra assassino fez Binu sair correndo, e ela ouviu alguém gritar: "Aquela mulher ali é cúmplice dele. Detenham-na!".

Sem saber mais o que fazer, Binu virou-se e gritou: "Eu não sou assassina".

Mas os homens já estavam correndo em sua direção. A última coisa que ela viu antes de ser derrubada no chão foi uma rua de cabeça para baixo na qual peças de algodão e veludo infladas de ar flutuavam até o chão como neve caindo do céu.

A notícia da captura de um assassino espalhou-se pela cidade dos Cinco Grãos como a água que corria por suas ruas alagadas e varridas pela chuva. A chuva de outono veio subindo do Sul curioso, indo e vindo entre as residências dos oficiais, mercadores e famílias ricas ao norte e o distrito dos bordéis ao sul. As gotas de chuva, assim como as pessoas, prendiam a respiração e ficavam tentando escutar as conversas dos outros sobre o assassino.

Homens falavam sobre o assassino, Shaoqi, que havia se disfarçado de vendedor de doces, mas poucos se perguntavam o motivo de sua perna faltante; talvez simplesmente houvesse pessoas demais com braços e pernas faltantes. Tinham animadas conversas sobre a sola falsa da bota do assassino Shaoqi, que escondia veneno e uma adaga, observando a notável perícia dos sapateiros da região de Nuvem Azul, capazes de transformar a sola do sapato de um aleijado em um esconderijo de armas. A carrocinha de doces do assassino era ainda mais espantosa. Apesar de todos terem reparado em seu formato curioso, ninguém percebera que ela podia ser dobrada para se transformar em um arco. O assassino vendera seus bonequinhos de açúcar de forma seletiva; aqueles que ele não vendera continham seus próprios segredos: a cobertura de açúcar podia ser rachada para revelar as flechas que havia dentro.

Meninos perseguiam um pequeno mendigo chamado Abao. Dizia-se que o rei teria sido assassinado na entrada da cidade dos Cinco Grãos caso Abao não houvesse roubado a bota do assassino, e que o rei iria convocar Abao para uma audiência tão logo chegasse à cidade. Assim, pelo bem da honra da cidade, os oficiais já haviam dado um banho em Abao; tinham até mandado fazer para ele uma roupa de seda formal em tamanho infantil. Ninguém poderia reconhecer o menino agora, diziam; os piolhos em seus cabelos imundos e desgrenhados tinham sido catados, e o melhor médico da cidade havia tratado as feridas infectadas nos cantos de sua boca, de modo que elas já não atraíam moscas. Mas alguns dos personagens de índole duvidosa reunidos ao pé da Torre dos Cinco Grãos não estavam nada contentes com os elogios a Abao. "Esse menino não é ladrão coisa nenhuma", diziam, invejosos. "Só o que ele sabe fazer é tirar os sapatos dos pés dos outros."

Shaoqi, o assassino, havia dormido de costas, sem saber do talento especial de Abao, o que dera ao menino a oportunidade de fazer jus à fama de seus ancestrais. Na noite anterior, alguém o vira voltar reclamando da bota do assassino perneta. Era uma bota de alta qualidade, mas, como só havia um pé, ele só podia vendê-la a outro aleijado. Os meninos disseram que Abao nunca experimentava os sapatos que roubava por causa do mau cheiro. A bota do assassino, porém, exalava um aroma estranhamente almiscarado, por isso ele pôs o pé lá dentro. Como era especialista em sapatos, tanto masculinos quanto femininos, deu um grito assim que calçou a bota: "Tem alguma coisa dentro desta bota. Devem ser moedas!".

Alguns jovens mendigos vieram rodeá-lo para vê-lo cortar a sola e abrir a bota. Não eram moedas: eram três adagas e um pacotinho de veneno.

A reputação do assassino Shaoqi o precedera. Alguns duvidavam de sua linhagem real, dizendo que, graças ao rei, os descendentes do chefe Xintao haviam todos desaparecido da face da Terra. Mas uma pergunta insistente ainda permanecia: quem senão o neto do chefe Xintao teria tanto ódio assim do rei e consideraria sua missão na vida matar um governante adorado por milhares de súditos? Especulava-se principalmente sobre a história secreta, e sobre o mandante por trás do assassino. Boatos sobre o Terraço das Cem Nascentes na região de Nuvem Azul, terra natal do assassino, já circulavam. Todos falavam sobre o chefe Hengming, sobre como ele era tão rico quanto o rei, como empregava várias centenas de cortesãos donos de habilidades incomuns e misteriosas, e sobre os engenhosos mecanismos e túneis secretos que rodeavam sua residência.

"O rei jamais conseguirá chegar à cidade dos Cinco Grãos", diziam. "O país no inverno irá mudar de mãos, e o chefe Hengming, da região de Nuvem Azul, será o novo governante."

Todos concordavam que Shaoqi possuía um talento

excepcional, pois era capaz de atirar em uma folha de choupo de centenas de lugares diferentes, de tirar uma adaga da bota em um piscar de olhos e de voar por cima de telhados e caminhar sobre muros. Mas seu belo rosto, seu físico alto e forte e o fogo do ódio que ardia dentro dele havia anos constituíam seus maiores empecilhos. Um assassino pode ser feio, porém não deve ser bonito. Um assassino pode ser carinhoso, mas a raiva é um tabu. Não havia infortúnio maior do que um homem irado e belo como Shaoqi se tornar assassino, e era esse o motivo que o levara a decidir usar uma túnica preta e um lenço escuro para esconder o rosto, dando-lhe o aspecto de um bandido.

"Quem iria ter medo de um homem que saltita por aí em uma perna só?", comentou um dos mendigos.

Todos concordavam que a perna faltante era o mesmo que um salvo-conduto, que permitira ao belo Shaoqi entrar com facilidade na cidade dos Cinco Grãos. Mas quando exatamente ele teria perdido a perna, e como? Embora para um assassino fosse normal se disfarçar, com certeza era raro que fizesse isso cortando a própria perna.

Um velho assassino deu sua opinião: "Não fui eu que o ensinei", disse, "e tampouco já fui cortesão no Terraço das Cem Nascentes, então não sei como eles lidam com o costume dos testamentos em vida, mas sei que esse foi bem bolado".

Seus companheiros o questionaram, ansiosos: "Testamento em vida? O que quer dizer com isso? Existem testamentos em morte? Não crie tamanho suspense".

"Quando eu era moço, fiz um trabalho para a família Sun, na cidade dos Pastores. Peguei o dinheiro e estava pronto para ir embora quando alguém da família me pediu que deixasse um testamento em vida antes de ir. Era a primeira vez que eu trabalhava para uma família rica, então não sabia o que esperar. Pensei que deixaria uma impressão digital, e fiquei ali esperando que me trouxessem um papel. Em vez disso, o que trouxeram foi uma bacia de cobre e uma faca. Queriam meus dedos dos pés, de modo a poderem confiar em mim por completo. Quando uma família rica contrata um assassino, não faz somente tramar contra o inimigo; ela também se protege do próprio assassino. A família tem medo de ser desmascarada caso o assassino revele sua identidade depois de várias mortes, então pedem ao assassino que prometa parar em determinado momento. Tirar um dedo do seu pé não vai lhe afetar o trabalho, mas servirá como lembrete diário de que você deve manter a promessa."

O bandido lamentou o fato de o mundo ter mudado tão depressa. Houvera um tempo em que dedos do pé bastavam como testamento em vida, mas agora as pessoas exigiam uma perna inteira.

"Shaoqi era diferente de mim", prosseguiu ele. "Ele foi contratado para assassinar o rei, e essa proposta era do tipo tudo ou nada. A sua perna provavelmente foi mais do que apenas um testamento em vida; ela poderia também servir de escapatória para o chefe Hengming. Se a tentativa de assassinato de Shaoqi fosse desmascarada, o Terraço das Cem Nascentes poderia mostrar a perna ao rei e dizer-lhe que havia descoberto o complô, e que havia cortado uma das pernas do assassino para estragar seus planos. Ficando com a perna de Shaoqi, o chefe Hengming foi capaz de se safar."

# Portão da cidade

No final das contas, a cabeça do assassino não foi se juntar às outras no muro da cidade; segundo os boatos, a decapitação fora adiada para depois da chegada do rei. Com exceção de alguns oficiais importantes, ninguém na cidade dos Cinco Grãos sabia onde o assassino Shaoqi estava detido, mas todos conheciam o paradeiro da mulher da região de Nuvem Azul. Ela estava sendo exposta em uma jaula junto ao portão da cidade, e multidões se reuniam para fitá-la, boquiabertas. Uma chuvarada fez os guardas correrem para buscar abrigo, e os adultos que a admiravam foram se proteger debaixo dos beirais das lojas. Ao ver que os guardas não estavam prestando atenção, alguns dos jovens correram debaixo da chuva para ir encará-la. Um deles deu-lhe uma espiga de milho, depois tornou a correr para o meio da turba e deu as últimas notícias:

"A assassina não sabe que deveria estar com medo, e a chuva não parece incomodá-la. Está dormindo lá dentro!"

Alguém explicou pacientemente: "Ela talvez não seja

uma assassina. Nasceu com a boca grande e conversou um pouco demais com o assassino de verdade. Ela gosta de conversar, mas depois de ser presa não conseguiu explicar o que veio fazer na cidade dos Cinco Grãos. Disse que havia caminhado mil *li* para levar roupas de inverno para o marido, mas não conseguiu mostrar nenhuma peça de roupa e foi considerada suspeita. O governo a pôs dentro de uma jaula para aguardar a chegada do rei; quando o rei chegar, a suspeita poderá ser solta graças ao que se conhece como perdão real".

Quando a chuva amainou, mulheres chegaram ao portão da cidade com seus chapéus de palha. Exibindo um interesse evidente por Binu, algumas perguntaram-se como uma mulher de aspecto tão honesto e respeitável poderia se revelar uma assassina.

"Todas as mulheres sentem falta dos maridos, mas nenhuma tanto quanto ela. Seus sentimentos devem ter lhe afetado a mente; senão, por que iria conversar com o assassino Shaoqi na frente de todos aqueles oficiais de segurança?"

Todos tentavam ver Binu. Mas suas mãos estavam escondidas, presas a um tronco, e seus cabelos embaraçados, pesados de chuva, ocultavam-lhe o rosto. Alguns retardatários, insatisfeitos, gritavam para os guardas: "Vocês têm de fazer uma exibição melhor do que essa. Está chovendo tanto que quem chegou tarde não consegue ver nada dentro dessa jaula. Pelo menos deixem-nos ver o rosto dela".

Pressionado pela multidão, um dos guardas desceu da torre carregando em cima do ombro uma folha grande. Estendendo a mão por entre as barras de ferro, tentou amarrar os cabelos de Binu, depois espetou-a com força com seu porrete cravado de pregos para fazê-la acordar.

"Não sei como você consegue dormir tanto sob essa chuva torrencial, dentro de uma jaula, com as mãos e a cabeça presos a um tronco. Não queria acordá-la, mas as pessoas não vão deixá-la dormir, e não há nada que eu possa fazer para impedir isso. Então pare de dormir. Mostre-se, deixe que a vejam."

Binu ergueu o rosto pálido e molhado de lágrimas, e as mulheres puderam ver que se tratava de uma bela jovem cuja aparência fora arruinada pelo cansaço. Ela abriu os olhos sob o escrutínio de várias pessoas; tentou falar, mas sua boca estava fechada por uma mordaça, e ela não conseguiu emitir nenhum som. Seus olhos transbordaram com um clarão puro feito o luar; o brilho cor de prata escorreu por seu rosto, acendendo a jaula e ela própria com uma luz intensa. O guarda deu um pulo para trás ao perceber que um trecho de musgo verde brotara debaixo da jaula depois da enxurrada e que pedacinhos de ferrugem haviam surgido nas barras de ferro nos pontos em que seu corpo as havia tocado. Soltou um grito de espanto. Sabia que a causa daquilo eram as lágrimas da mulher, não a chuva.

"Pare de chorar", disse ele. "Lágrimas estão proibidas. Sei que você se sente acusada injustamente, mas não tem permissão para chorar, por maior que seja a injustiça. Pouco me importa que brote musgo debaixo da sua jaula, mas estarei em apuros se ela enferrujar devido às suas lágrimas. Não me culpe se eu a tratar com truculência, porque sofrerei caso não pare de chorar."

Binu ergueu os olhos para o céu, agora claro e azul depois da chuvarada. Algumas gotas de chuva caíram sobre seu rosto do alto da jaula; era impossível distingui-las de suas já lendárias lágrimas.

"Não olhe para o céu", disse ele. "Olhe para o chão.

Prisioneiros enjaulados não têm permissão para chorar olhando para o céu. É a regra. Olhe para o chão agora mesmo. Faça o que estou mandando."

Como Binu estava presa ao tronco de madeira, era impossível saber se estava obedecendo ou resistindo à ordem dele. Ela moveu a cabeça de leve e baixou os olhos para encarar o guarda, e a luz branca de suas lágrimas continuava a fluir.

"Já disse para olhar para o chão", falou ele, esfregando os próprios olhos. "Não olhe para mim. Não acabei de proibi-la de chorar? Por que ainda está chorando? Dizem que as suas lágrimas são tóxicas."

Ele tornou a correr até a torre de sentinela, onde aparentemente foi repreendido, pois quando tornou a descer trazia um lenço preto. Esticou as mãos para dentro da jaula para cobrir os olhos de Binu.

"O meu superior disse que os seus olhos são perigosos demais e que precisamos vigiá-los de perto. De toda forma, você não precisa ver nada; são os outros que precisam vê-la, por divertimento." Embora tenha tentado evitar suas lágrimas, ele foi lento demais e sentiu um riacho de água fervente encharcar sua mão. Nessa hora, um trovão ecoou no céu acima dos muros da cidade e uma estranha confusão formou-se no meio da multidão de curiosos.

Uma trovoada alta soou atrás deles, e o guarda se virou e viu a luz prateada da jaula revelar rostos maus e medonhos. Muitas pessoas na multidão perderam o controle dos joelhos e desabaram no chão enlameado, derrubadas pela maré invisível de lágrimas. Passantes não saíram da frente depressa o suficiente para evitar se molharem. "Por que esta água está tão quente?", gritavam, alarmados. "Como pode uma chuva de outono estar tão quente?"

Malfeitores desabavam no chão, chorando a mais não poder, dando tapas e socos no próprio peito, mas recusando-se a dizer por que estavam chorando. Pessoas que haviam levado uma vida honesta eram recompensadas com a capacidade de resistir ao impacto; para os que já estavam acostumados a fazer isso, as mãos continuaram dentro das mangas da roupa; quem gostava de se curvar para a frente enquanto estava em pé permaneceu torto como um salgueiro; e mãos percorriam os corpos dos que gostavam de se coçar. Foi esse grupo de pessoas que conseguiu manter um semblante de dignidade em nome dos habitantes da cidade dos Cinco Grãos. Movendo-se entre os corpos maus dos que haviam externado seus infortúnios, essas pessoas elogiavam umas às outras.

"Você levou uma vida sem mácula", diziam. "Veja, a água apenas molhou sua roupa, mas foi só isso. Não temos motivo para chorar." Satisfeitas consigo mesmas, elas observaram calmamente a área em torno do portão da cidade, em busca da origem da súbita tempestade de lágrimas. Perceberam uma torrente de água correndo aos pés de Binu; estreita e cristalina, ela se movia depressa com um brilho frio, como flechas de água disparadas contra a multidão. Concluíram que a tempestade de lágrimas era resultado daquela torrente e que a origem da praga de lágrimas era a prisioneira da região de Nuvem Azul.

Ergueram os olhos e viram que os guardas no muro estavam entretidos com jogos de adivinhação atrás dos contrafortes, completamente alheios ao que acontecia lá embaixo. A descontração dos guardas fez alguém se lembrar de que a solução era mover-se para um terreno mais elevado. Todos, inocentes ou não, estariam seguros uma vez em terreno mais alto do que a mulher.

Aos poucos, as pessoas foram se recuperando do espanto e começaram a procurar o terreno elevado mais próximo, alertando os curiosos: "Não chegue perto demais daquela mulher. A assassina da região de Nuvem Azul trouxe uma praga de lágrimas, e nunca se sabe que tipo de calamidade se abaterá sobre quem for atingido por ela".

Algumas crianças haviam subido em uma árvore para fugir da perigosa água que cobria o chão. Uma mulher de pernas ágeis e fortes abraçou uma árvore e começou a trepar, mas não havia conseguido subir muito quando um professor de escola mandou-a descer. "Por mais que uma mulher como você esteja gostando da vista, você não pode trepar em árvores. Isso é impróprio para uma mulher."

Temerosa do professor, a mulher tornou a descer e alisou a roupa com um ar infeliz. "Todas as outras pessoas podem trepar em árvores", reclamou. "Vocês, homens, podem fazê-lo, as crianças também, e até mesmo galinhas e cachorros. Mas nós não. Primeiro vocês nos dizem para procurar um terreno elevado, depois não nos deixam trepar em árvores. Para onde exatamente esperam que vamos?"

Pensando na prisioneira, o professor lamentou a própria falta de conhecimento. "Eu hoje aprendi algo novo, algo que não consigo explicar. Como podem as lágrimas de uma pequena mulher ter causado tamanho caos emocional?" Coçando a barba comprida, ele suspirou e disse: "Não sei como nem por que isso aconteceu".

De repente, uma comoção se formou junto à Torre dos Cinco Grãos; guardas corriam de um lado para o outro hasteando bandeiras. Pessoas formaram escadas humanas junto às lojas, crianças trepadas em árvores subiram até galhos mais altos. Vivas frenéticos ecoaram pela praça em frente à entrada do portão; o volume dos gritos subia e descia. "O barco de torre dourada está aqui. Venham ver o barco de torre dourada. O rei está aqui!"

O canal ainda não havia alcançado a cidade dos Cinco Grãos, e no entanto o barco de torre dourada havia chegado. Os criados do rei o estavam rebocando por terra firme. Sim, o rei havia chegado, e as pessoas se aglomeraram em frente à casa de chá para espiar a estrada, onde pássaros assustados saíram voando e a borda do céu se cobriu de uma luz dourada. Através da enevoada bruma de ouro, viram o mastro com a insígnia do dragão encolhido do renomado barco de torre dourada, e a multidão irrompeu espontaneamente em aplausos extáticos e jubilosos. Na opinião de um observador arguto, a longa e sinuosa caravana do rei parecia um dragão encalhado. O esplêndido mastro com a insígnia do dragão encolhido estava imóvel, com exceção da bandeira negra dos Nove Dragões, debruada de ouro, que tremulava bem alto no céu lavado pela chuva.

"Nada se move", disse o homem, "nem os vagões da caravana, nem os cavalos, nem o barco. Será que estão emperrados?" Olhares zangados recaíram imediatamente sobre eles.

"Você deve estar se referindo a sua carroça de jumento quebrada. Aqueles são os vagões do rei e o barco de torre dourada do rei. Como poderiam estar emperrados?"

# Rei

Toda a cidade dos Cinco Grãos prendeu a respiração enquanto esperava a chegada do rei. Acima do portão da cidade, a bandeira dos Nove Dragões tremulava ao vento; ao pé do portão, turbas de gente portando gongos e tambores se enfileiravam junto aos muros da cidade para formar os dois caracteres, "Vida Longa", enquanto a Trupe Familiar Guo, renomada por sua dança do leão, preparava todos os seus bailarinos. De um paiol de caridade armado pelo governo vinha o cheiro fresco de arroz, atraindo hordas de pessoas que faziam fila com seus cestos de bambu para esperar o paiol ser aberto e o Arroz da Misericórdia ser distribuído. No lado deserto da varanda de pedra, uma dupla de carrascos trajando túnicas vermelhas estava parada ao lado da jaula dos prisioneiros com uma expressão distante e calma no rosto; as espadas que seguravam emitiam um brilho afiado e frio, aparentemente ávidas pelo momento que estava por vir.

Oficiais da cidade dos Cinco Grãos margeavam os dois

lados da entrada do portão usando trajes formais amarelos ou vermelhos. De longe, as fileiras pareciam harmoniosas, mas um exame mais atento revelava disputas por posição e posicionamento. Alguns acreditavam que o seu lugar na fila não correspondia ao seu cargo de oficial; sem querer ficar atrás, eles se moviam para lugares mais proeminentes, tentando empurrar os outros que mantinham suas posições usando cotovelos e joelhos. Foi preciso a interrupção oportuna do prefeito Zhan para que cessasse o empurra-empurra e para que a entrada do portão recuperasse a solenidade apropriada.

Mas a espera era interminável, e a suspeita foi aumentando. Os oficiais começaram a cochichar entre si, olhando para o prefeito Zhan com ar desconfiado.

"O rei talvez ainda não tenha chegado", diziam, "mas os batedores do palácio já deveriam estar aqui. Ou, no pior dos casos, a Cavalaria do Dragão do rei. Se houvessem decidido não entrar na cidade, teriam enviado um oficial do palácio, então onde está ele?"

A angústia era visível no semblante do prefeito Zhan, em quem uma apreensão insistente havia causado uma ferida no canto da boca, fazendo-o gemer sem parar. Um oficial do palácio dera meia-volta e fora embora imediatamente depois de entrar na cidade. Incapaz de se esquivar das perguntas por mais tempo, o prefeito Zhan finalmente deixou escapar a primeira notícia relacionada ao rei: "Pensei que esse homem tivesse vindo trazer um recado do rei, mas na verdade ele só queria um pouco de peixe podre. Perguntei-lhe por quê, já que estavam prestes a entrar na cidade dos Cinco Grãos, onde o rei poderia ter todo o peixe que quisesse. Por que peixe podre? Ele não quis me dizer".

Intrigados com a notícia, os oficiais o encararam com

os olhos esbugalhados, dizendo que o rei, afinal de contas, era o rei, e tinha gostos que o povo comum era incapaz de compreender. Muitos dos segredos relativos ao Palácio da Longevidade pareciam incompreensíveis, e talvez peixe podre fosse uma receita para a vida longa.

Depois de partir levando uma carroça de peixe podre, o oficial do palácio não voltou, deixando atrás de si uma atmosfera opressiva de suspense. O prefeito Zhan mandou alguém subir na torre da cidade para observar a movimentação do séquito do rei. Instruiu todos repetidas vezes em relação à cerimônia de recepção que deveriam executar, a ponto de perder a voz, até finalmente todos terem decorado os minuciosos detalhes, procedimentos e regras: assim que o mastro com a insígnia do dragão encolhido começasse a se mover, os gongos e tambores deveriam ser tocados, os leões deveriam começar a dançar, e o paiol se abriria para distribuir o Arroz da Misericórdia. Quando o rei chegasse ao portão da cidade, os carrascos ergueriam as espadas e perguntariam se a prisioneira deveria ser decapitada. Normalmente, o rei responderia de seu assento do dragão: "Segurem a espada e poupem a prisioneira". Esse era o único detalhe que preocupava o prefeito Zhan. Ninguém era capaz nem de imitar a voz do rei nem de prever seu humor, de modo que era impossível ensaiar o ritual para celebrar sua benevolência. Precisavam esperar a hora chegar. A cerimônia deveria ser bem cuidada e elegante, uma vez que todas as providências estavam em conformidade com as leis e os ritos do Palácio da Longevidade, suplementadas pelas regras culturais locais da cidade dos Cinco Grãos. Faria pouca diferença se o tempo não estivesse a seu favor. De toda forma, a estrada ainda estaria enlameada por causa da chuva recente, então os cavalos e vagões do rei percorreriam uma rua salpicada de cascas de cereais e cinzas de grama; chegariam ao portão do *yamen* e entrariam no palácio por um túnel subterrâneo.

Tudo estava no lugar, com exceção do rei. As notícias que chegavam da torre continuavam deprimentes: o séquito do rei estava parado na estrada pública como uma baleia encalhada. A sentinela disse até ter visto fumaça de comida subindo da estrada pública, o que significava que os homens do rei estavam preparando as refeições ao ar livre.

O prefeito Zhan sentiu um suor frio subir por seu corpo; o fato de os homens do rei estarem preparando as próprias refeições era um pesadelo. Começou a se preocupar com a opinião do rei em relação à cidade dos Cinco Grãos: será que alguém maldissera seus habitantes para o rei? Será que o rei tinha uma opinião desfavorável da cidade dos Cinco Grãos? Isso indicaria uma opinião negativa dele próprio. Será que o prefeito fora denunciado por alguém e provocara a ira do rei? Quem poderia ser essa pessoa? Lançou um olhar intrigado aos colegas enfileirados na entrada, e eles o olharam de volta. As expressões em seus rostos eram as mais variadas: alguns pareciam confusos, outros ardilosos; alguns queriam dizer alguma coisa, mas não diziam, outros exibiam a própria esperteza pontificando sobre a notícia de que o rei estava cozinhando a céu aberto.

"Ele é um grande rei", diziam, "pois passa pela cidade dos Cinco Grãos e não quer entrar na cidade para comer nem sequer um único naco dos grãos que alimentam o povo."

Por fim, o som de cascos de cavalos quebrou o silêncio na estrada. Toda a cidade dos Cinco Grãos apurou os ouvidos e escutou. Quando três cavaleiros chegaram a galope, alguém reparou que carregavam não a bandeira dos Nove Dragões, mas um comprido estandarte branco de tecido mais grosseiro. Um som estrondoso irrompeu. "Ajoelhem-se. Ajoelhem-se, todos. O rei está morto. Vida longa ao rei!"

Um silêncio de morte engoliu o portão da cidade, seguido pelo desabamento de montanhas de pessoas em pânico. "O rei está morto, morto!" Aqueles na beira da montanha logo conseguiram se ajoelhar, mas não os que estavam no meio, que não conseguiam encontrar espaço suficiente para os joelhos naquele lugar apertado. Então ajoelharam-se em cima das pernas e das costas dos outros. Ninguém se atrevia a murmurar nem uma palavra sequer, de modo que os conflitos surgiam em silêncio e eram solucionados da mesma maneira, à medida que uma corrente subterrânea de arquejos e xingamentos contidos se espalhava pela multidão. Alguns lutavam em silêncio, agarrando e arranhando da melhor forma possível, mesmo estando ajoelhados, até alguém gritar: "O rei está morto, e meus olhos ficaram cegos".

Ninguém sabia de quem fora o grito, mas ele rompera a solenidade do momento, logo transformando o mar de gente em um oceano furioso. As pessoas se esqueceram de que deveriam permanecer sérias e caladas. Em vez disso, começaram a externar animadamente suas opiniões sobre a morte do rei. Uma voz aguda, um pouco rouca, revelou os sentimentos de muitos na multidão e atraiu uma quantidade considerável de atenção: "O rei morreu porque oficiais o enganaram", disse a voz. "Entregaram-lhe um relatório falso para que ele viajasse até o Sul para ver o canal. Mas onde está o canal? Onde está o embarcadouro? Por onde o barco de torre dourada entraria na água? Quem poderia saber o quanto ele sofreu viajando até o Sul com esse barco grande? Será que um barco consegue navegar por um trigal? Será que consegue navegar por uma vala? O belo e grande barco de torre dourada precisou navegar por terra. Como o rei poderia não ter se zangado? Ele não morreu simplesmente, mas morreu de raiva, tenho certeza".

O pesar compartilhado levou as pessoas a ignorar a presença de espiões ao seu redor e a expressar corajosamente suas opiniões contrárias ao governo. Muitos chegaram a gritar com raiva para os oficiais em pé junto à entrada do portão.

Os refugiados em volta do paiol também começavam a ficar indóceis, e uma perturbação se armava discretamente à medida que a surpresa do anúncio da morte do rei dava lugar à preocupação com a distribuição do Arroz da Misericórdia. Os refugiados famintos estavam ajoelhados no chão, mas seus corações já haviam se esgueirado para dentro do paiol. Por fim, dizendo que era desconfortável ficar ajoelhado em cima da perna de outra pessoa, um indivíduo destemido decidiu avançar um pouquinho. Com o cesto em cima da cabeça, foi se aproximando dissimuladamente do paiol.

"Não suba tão alto", lembrou-lhe alguém, "ou vão pensar que você é um assassino e prendê-lo."

Sem se importar em esconder suas intenções, ele disse: "Alto ou baixo, ainda estou de joelhos. O rei está morto, então de que adianta se preocupar com assassinos agora? Precisamos nos preocupar com o governo. Se cancelarem o Arroz da Misericórdia, vamos todos voltar para casa com cestos vazios".

Ele havia enunciado com palavras os pensamentos de todos os presentes. Alguns reagiram levantando-se. "Não posso mais ficar ajoelhado aqui", disseram. "Vou me ajoelhar perto do paiol."

Antes de os soldados e oficiais que vigiavam o paiol poderem reagir, os muros de esteiras de junco a seu redor ruíram sob o peso da multidão que avançava, e o arroz recém-descascado jorrou para cima deles. Alguns saíram correndo para recolher o arroz, mas, percebendo que só poderiam pegar uma quantidade mínima, deitaram-se e cobriram o arroz com o próprio corpo. Por toda parte via-se ganância: embora com os cestos cheios, as pessoas continuavam a avançar rumo ao centro da montanha de arroz. Algumas pulavam por cima dos ombros das outras, e havia as que gritavam para os filhos esconderem arroz dentro das roupas. Os mais velhos, deixados para trás na confusão, sacudiam os cestos com impaciência e exigiam que os oficiais viessem restabelecer a ordem. Mas o prefeito Zhan e seus subalternos estavam tão abalados com a notícia que o que estava acontecendo no paiol não os interessava.

Quanto aos três cavaleiros, dois pareciam totalmente desanimados, enquanto o terceiro olhava em volta com ar preocupado. Dizendo ter sido criado na cidade dos Cinco Grãos, ele desceu do cavalo e ajoelhou-se diante do prefeito Zhan, perguntando em voz baixa sobre uma propriedade que sua família havia deixado na cidade dos Cinco Grãos.

"Você tem servido ao rei no Palácio da Longevidade", disse o prefeito Zhan, "então por que está preocupado com uma casa em ruínas aqui?"

O homem respondeu: "Infelizmente não posso voltar ao Palácio da Longevidade, e o único abrigo que tenho para me proteger dos elementos da natureza é essa casa em ruínas".

O prefeito Zhan sabia que havia mais coisa por trás daquele pedido e, assolado por dúvidas, ignorou o tabu sobre falar de um soberano caído e perguntou ao cavaleiro como o rei havia morrido. O que saiu da boca do homem foi chocante: "O rei morreu três dias atrás, na estrada", revelou o cavaleiro. "Peixe podre e camarões fedorentos não conseguiam mais mascarar o mau cheiro do seu cadáver." A notícia da morte do rei já havia começado a se espalhar, ameaçando semear o caos por toda parte. No Palácio da Longevidade, a bandeira dos Nove Dragões havia sido substituída pela bandeira do Tigre Branco, e o irmão do rei, Chengqin, estava agora sentado no trono.

# Binu

Ninguém na multidão se importara em ter de se ajoelhar na lama; mas havia tantos joelhos, tantos traseiros e tão pouco espaço que disputas silenciosas por espaço surgiram. Algumas jovens, tolamente preocupadas demais com suas roupas novas, obedeceram com relutância e reclamaram bem alto. Uma delas apontou para a prisioneira enjaulada e murmurou: "Todo mundo está ajoelhado, por que ela não?".

A mãe da menina deu-lhe um tapa. "Minha pequena ancestral", disse, ameaçadora, "há muitas pessoas para se invejar, mas essa mulher não pode ser uma delas. Se você não quiser se ajoelhar, se achar desconfortável demais, por que não entra naquela jaula e fica lá dentro junto com a prisioneira?"

De fato, a esquecida Binu era a única pessoa ainda de pé. Suas pernas estavam presas às barras de ferro, de modo que ela não poderia ter se ajoelhado mesmo que quisesse. Os soldados junto aos muros da cidade haviam largado as armas e caído de joelhos. Até mesmo os carrascos tinham guardado as espadas e se ajoelhado ao lado da jaula. O rei estava morto e todos eram obrigados a se ajoelhar, até mesmo os patos e as galinhas, mas ela não. Ela continuou de pé, esperando que alguém descobrisse sua omissão, porém ninguém com exceção da menina reparou nela. Ou talvez tenha reparado, mas não se atreveu a dizer nada, uma vez que todos precisavam manter os olhos baixos e tinham medo de que alguém perguntasse como haviam descoberto a omissão a não ser erguendo-os.

O carro fúnebre que carregava o rei morto não havia se mexido, portanto as pessoas continuavam ajoelhadas de frente para a estrada. Como a jaula estava entre elas e a estrada, parecia que todos os habitantes da cidade dos Cinco Grãos prostravam-se diante de uma jaula. Um corvo saiu voando da Torre dos Cinco Grãos e passou por cima das pessoas; pássaro ignorante, achou que elas estivessem ajoelhadas por causa de Binu, então começou a traçar círculos no ar acima da prisioneira, crocitando para demonstrar seu respeito. Binu não entendeu o chamado do pássaro, mas pôde sentir sua emoção, pensando que aquele crocitar estivesse expressando os sentimentos da multidão ajoelhada. "Binu, Binu, essa gente ajoelhada a seus pés está pedindo o seu perdão." Não estava claro se essa ideia viera do corvo ou dela própria, no entanto, mesmo assim, deixou-a surpresa. Ela queria desviar os olhos, olhar para o céu ou para os muros da cidade, para qualquer lugar que não fossem os incontáveis joelhos, mas o tronco prejudicava seus movimentos. Como não podia virar o pescoço, fechou os olhos, o que fez brotar as lágrimas. Considerando sua situação, pensou que não era uma boa hora para começar a chorar. Outras pessoas choravam ajoelhadas, porém ela estava em pé, então era impróprio estar chorando também. Assim, abriu os olhos e forçou-se a não olhar para os joelhos ou para as cabeças baixas. Mas para o que deveria olhar, então? Talvez para suas túnicas. Não conseguia esquecer seu traje de luto, que lhe fora tirado na mansão Zhan, e perguntou-se quem o estaria usando agora.

Binu disse a si mesma que parasse de pensar no traje. As feiticeiras da aldeia dos Gravetos haviam previsto que ela morreria na estrada, mas a previsão fora pouco detalhada. Não haviam lhe dito: "Você morrerá desprovida de qualquer posse, e Qiliang nunca irá receber a roupa de inverno. O seu Qiliang está condenado a não ter nada para cobrir as costas, a menos que tenha aprendido a transformar a areia amarela do Norte em fio e a tecê-la com as pedras da montanha da Grande Andorinha". Ali em pé, presa dentro de sua jaula, Binu ficou aterrorizada ao pensar em Qiliang.

Uma viúva da montanha da Grande Andorinha na cidade dos Cinco Grãos certa vez lhe dissera para não pensar nele o tempo todo. "Pobre mulher", tinha dito ela, "pensar nele também é sofrer. Você pensa nele todos os dias, e todos os dias ele sofre."

Uma das mulheres que choravam na mansão do prefeito Zhan também a havia alertado: "Cuidado com seus sonhos. Nunca sonhe em ir visitar seu marido. Com a sorte que você tem, a pessoa que mais sonhar em encontrar vai sofrer igualzinho a você".

Assim, Binu tirou da cabeça qualquer pensamento sobre Qiliang, forçando-se em vez disso a pensar no corpo bem cuidado do rei e a se perguntar onde ele estaria, se dentro de um caixão ou do barco de torre dourada. De que seriam feitas as suas vestes fúnebres, de ouro ou de prata? Haveria marcas de rei em seus pulsos? Percebeu de repente que havia substituído o rei pelo ladrão Qinsu, com seus olhinhos miúdos e sua barba rala. Ela jamais saberia se o rei tinha a palavra "rei" tatuada nos pulsos. Sentia uma tristeza incomensurável, não em relação à própria vida ou morte, porém à do rei. Que pessoa do povo não desejava ver o rei com os próprios olhos? Ela queria olhar para o rosto dele e para seus pulsos. Mas o rei estava morto.

A raiva ia aumentando no peito dos dois carrascos ajoelhados junto à jaula. No início, reclamaram discretamente da morte inoportuna do rei, que lhes custara a rara oportunidade de executar a cerimônia que tantas vezes haviam ensaiado. No passado, tinham sido remunerados, quer o prisioneiro fosse executado ou não, mas agora não receberiam nada; e, visto o caos na entrada do portão, quem agora estaria interessado em vê-los cortar a cabeça de alguém? Quando a confusão no paiol estourou, um deles começou a afiar a espada com violenta ferocidade, enquanto o outro simplesmente se levantou e espreguiçou-se antes de tornar a se ajoelhar.

"Saques não são responsabilidade nossa", disse ele, "e sim dos oficiais de segurança, então vamos simplesmente continuar ajoelhados aqui."

Logo viram alguns oficiais saindo pelo portão de entrada e ouviram alguém gritar: "Ei, por que eles estão indo embora quando nós continuamos aqui? O fato de sermos bons cidadãos nos custou nosso Arroz da Misericórdia".

Um dos homens, desafiador, disse: "Não vamos mais nos ajoelhar. Vamos nos levantar. Por que deveríamos continuar ajoelhados agora que os oficiais fugiram? De que adianta? Levantem-se, todos, levantem-se. Todo o Arroz da Misericórdia acabou, mas há muito mais na loja de arroz. Vamos lá pegar".

A essa altura, os carrascos já não conseguiam se controlar. Detiveram um dos oficiais que corria em sua direção. "Vamos usar estas espadas hoje ou não? Diga-nos, ou vamos nos juntar à multidão e saquear a loja de arroz." Sem obter resposta, saíram andando com as espadas, ainda vestidos com o uniforme vermelho. Um deles seguiu a turba até a loja de arroz, enquanto o outro foi capturado e surrado por velhos e velhas irados, que o puxaram e o agarraram, gritando e xingando. "Você cortou a cabeça de muita gente, e hoje não vamos deixá-lo escapar. Corte a nossa cabeça se tiver coragem."

O carrasco ergueu a espada brilhante bem alto acima da cabeça e saiu correndo. "Não pensem que o mundo mudou", gritou ele. "O velho rei está morto, mas agora há um novo rei. Amanhã vou começar a decapitar pessoas para o novo rei."

Em pé sozinha dentro de sua jaula, Binu viu os carrascos desaparecerem em meio à multidão revolta. As pessoas cercaram os oficiais e os soldados, e ninguém nem sequer pensou na prisioneira. Binu perguntou-se se alguém iria se lembrar dela. Sentiu vontade de gritar, porém sua boca ainda estava amordaçada; queria sair da jaula, mas seu corpo ainda estava preso ao tronco. Viu pessoas emergirem da loja de arroz e desaparecerem dentro das fábricas e ferrarias próximas. Alguém surgiu segurando um implemento agrícola, com sangue rubro e vivo escorrendo pelo rosto, resultado de uma briga por uma enxada. Outro veio trazendo uma peça de seda, mas ela foi logo rasgada por outras mãos e, quando o homem conseguiu se desvencilhar, tudo que restava sobre seu ombro era o rolo de lã.

A confusão fez o sangue de Binu correr mais depressa nas veias, e ela se pegou gritando instruções: "Vão até a rua das Roupas Usadas. Peguem as roupas de inverno. Consigam-me roupas de inverno para Qiliang". A voz irrompia de seu corpo frágil, e ela fechou os olhos enquanto uma nova lágrima saía rolando do canto. Sabia que era uma lágrima de vergonha.

Binu continuou dentro da jaula esperando a multidão descontrolada se lembrar dela. Sabia que em algum momento os saques iriam terminar. Tudo que podia fazer era esperar alguém vir saquear sua jaula. Por fim, alguns meninos da área logo abaixo da Torre dos Cinco Grãos se aproximaram correndo da jaula. Um deles segurava uma pedra, outro uma foice roubada da oficina do ferreiro. A excitação da pilhagem ardia nos olhos deles. Começaram a golpear e a bater na jaula até ela ceder. Um dos meninos agarrou Binu e começou a bater no tronco. Vendo que não estava adiantando, tirou-lhe o pano preto da boca e enfiou-o no bolso. "Por que não se mexe um pouco?", perguntou. "Estou tentando salvá-la, então pare de se comportar como um cadáver."

Assim, Binu começou a gritar no mesmo ritmo das pancadas da foice que o menino manejava, e ainda estava gritando quando o tronco foi retirado. Tentaram forçá-la a sair da jaula.

"Sua mulher boba, por que não quer sair? Nós vamos vender esta jaula, então saia. Você está livre."

Ela sentiu vontade de se sentar, mas sua cintura recusou-se a se dobrar. Talvez já estivesse em pé dentro daquela jaula estreita havia tanto tempo que se esquecera do que era se sentar. Segurando-se nas grades, olhou em volta e então começou a andar em direção aos muros da cidade, mas só conseguiu dar alguns passos. Voltou para a jaula devagar e apoiou-se nas grades para recuperar o equilíbrio.

É claro que isso tornou difícil para os meninos levar a jaula embora dali.

Um dos meninos retirou as mãos dela e disse: "Sua mulher boba, não consegue se separar da jaula? Ficar em pé aqui embotou seus pensamentos".

Arrastaram-na em direção ao portão da cidade. "Todos os outros estão saqueando", disseram. "Por que não se junta a eles? Vá pegar alguma coisa para si."

Binu foi engolida pela multidão e pisou no pé de alguém. Foi carregada por uma turba enlouquecida; pessoas empurravam-na por trás e acotovelavam-na pela frente. Todos os rostos — de homens e mulheres, de jovens e velhos — ardiam com a emoção da pilhagem, muito vermelhos; sua respiração era rápida e rasa, seus olhos brilhavam intensamente. Um homem sufocou com as próprias lágrimas enquanto jurava pilhar a cidade dos Cinco Grãos inteirinha. Iria incendiar a cidade e matar todos os habitantes; ninguém sobreviveria.

Binu seguiu alguns meninos até a rua das Roupas Usadas. Trôpega como uma sonâmbula, ela se diferenciava dos outros saqueadores, mais entusiasmados. Quando chegou a uma esquina, fixou o olhar em uma barraca de roupas com os olhos cheios de expectativa e vergonha. A mulher que vendia roupas de inverno usadas estava atônita com a tragédia que se desenrolava. Brandindo loucamente um forcado, ela se lamentava enquanto tentava proteger as mercadorias. Com a ajuda dos mais velhos, os meninos arrancaram-lhe o cabo das mãos e empurraram-na para cima de um saco de juta, onde lhe ordenaram que não se mexesse.

"Venham pegar", disse um dos meninos, chamando os

outros. "O frio logo vai chegar, então concentrem-se nas roupas quentes."

As roupas expostas desapareceram em um segundo, assim como a pilha de sapatos, chapéus e meias. Tudo se foi, exceto uma túnica preta debruada de verde que caíra atrás do saco de juta. Binu se afastou dos saqueadores e, ao ver que ninguém a olhava, curvou-se para pegar a túnica. Mas era tarde demais. Alguém segurou um dos cantos da túnica; era a vendedora de roupas, que de alguma forma escapara dos meninos e libertara uma das mãos para segurar Binu. Fitou-a com um olhar zangado. Binu não soube dizer se a mulher a havia reconhecido como a prisioneira da jaula; mas a vendedora percebeu facilmente a pobreza de Binu.

"O mundo virou de cabeça para baixo!", gritou ela. "As pessoas começaram a roubar roupas usadas! Pobres roubando pobres. Bem, todos serão pobres novamente na próxima vida." Lágrimas escorriam por seu rosto enquanto ela praguejava contra céu e terra, mas continuava segurando Binu com firmeza, como se estivesse disposta a morrer junto com ela. Cuspiu na mulher que segurava.

Quando Binu limpou o cuspe do rosto, as lágrimas inundaram seus olhos e ela disse à mulher: "Irmã maior, não me segure assim. Solte-me".

"Não vou soltá-la", gritou a mulher. "Prefiro morrer a soltá-la, a menos que você largue a túnica."

Binu ficou ali parada, sem saber o que fazer, quando ouviu dois meninos se dirigirem a ela enquanto tornavam a derrubar a mulher no chão.

"Ficou louca? O forcado está debaixo dos seus pés. Pegue-o e bata nela. Isso vai fazê-la soltar."

Ainda segurando a túnica, Binu baixou os olhos para

o cabo e hesitou por um instante antes de pegá-lo e usá-lo para bater na mão da mulher. Contudo ela não soltou.

"Você é aquela prisioneira!", gritou. "Fugiu da jaula, mas em vez de despejar sua raiva nos oficiais veio aqui bater em mim. Você não sabe como roubar os ricos, então vem aqui roubar roupas usadas de mim. Vocês todos são piores do que cães e porcos!"

Binu ficou chocada com a maldade das palavras da mulher.

"Não fique aí parada", disse alguém mais atrás. "Bata nela."

Então Binu tornou a acertar a mão. Dessa vez, a dor foi tanta que a mulher começou a gritar, mas ainda assim não soltou. Então lembrou-se da história de Binu.

"Você quer levar minha túnica de inverno para o seu marido. Bem, não vai adiantar. O seu marido morreu na montanha da Grande Andorinha. Está morto, morto. Não precisa mais de túnica de inverno."

A maldição deixou Binu tão furiosa que ela golpeou a mão da mulher com força com o cabo, forçando-a a soltar. Mas não parou por aí; continuou batendo na mulher até um dos meninos lhe dizer para parar.

"Ela já soltou a túnica. Pegue-a e saia daqui."

Jogando o cabo longe, Binu saiu correndo pela rua com a túnica na mão; agora estava em prantos. Depois de alguns passos, parou para olhar para a mulher com os olhos úmidos cheios de remorso. Então correu até o outro lado da rua, onde parou e olhou para os meninos como se quisesse expressar gratidão. Porém, aquele não era o tipo de gratidão que se pode expressar, então no final das contas ela não agradeceu a ninguém. Simplesmente saiu correndo.

Os meninos ficaram olhando Binu desaparecer depois

da curva da rua das Roupas Usadas. Tiveram sorte suficiente para ouvir o último som de seu choro que ela deixou para trás, mas estavam pouco ligando para isso. Nunca tinham nada de bom a dizer sobre lágrimas. De que adiantava chorar?

"A chuva deixa a terra úmida", disseram os meninos. "O rio ajuda as pessoas, a água das valas nutre as plantas, e a que enche as poças faz crescer os peixes e camarões. Somente as lágrimas humanas são inúteis; são as coisas mais insignificantes que há no mundo."

# O Norte

Do lado de fora da cidade dos Cinco Grãos, viajantes inundavam a estrada pública como uma enchente e dividiam-se em duas direções. Um dos grupos, formado por carruagens elegantes e cavalos magníficos, dirigia-se para o Sul limpo e o outro, formado sobretudo por refugiados, rumava para o Norte como um bando de corvos em migração.

Passaram pelo barco de torre dourada encalhado, cuja gigantesca forma agora havia se transformado em uma pilha de tábuas de madeira de formatos estranhos que coalhava a beira da estrada. O séquito do rei finalmente fora embora levando seu cadáver e o precioso mastro dourado dos Nove Dragões; o barco agora parecia um peixe gordo e saboroso após um banquete, do qual restavam apenas os ossos. Junto com o desmonte do barco de torre dourada, também desapareceu a fantasia das pessoas sobre uma viagem pelo canal. A maioria dos refugiados nunca tinha visto um barco e estava convencida de que ele deveria ter rodas. Outros acreditavam que o barco fora construído à semelhança de um peixe, de modo que deveria ter boca, nadadeiras e escamas. De fato descobriram algumas escamas de peixe pintadas nas laterais, e um grupo de pessoas reunido em volta do barco usava martelos para removê-las. Não diziam nada sobre o que estavam fazendo, mas um menino mais falastrão parava as pessoas pela estrada e convencia-as a ajudar no serviço, dizendo-lhes que havia ouro na tinta.

Um louco correu animadamente para o meio do campo de aveia, apontou um graveto para uma pilha de excrementos e gritou para o denso tráfego que enchia a estrada: "Venham dar uma olhada. A merda do rei. Aqui está a merda do rei".

O motim na cidade dos Cinco Grãos havia deixado Binu de posse de dois objetos: uma túnica masculina preta debruada de verde e uma cabaça ainda não madura que ela colhera em algum lugar. Ela vestiu a túnica masculina larga por cima da sua e amarrou a cabaça à faixa em sua cintura. Então juntou os cabelos em um coque no alto da cabeça e prendeu as mechas soltas com uma fita azul, o que a deixou parecida com um salgueiro oscilando na areia varrida pelo vento. Algumas pessoas se depararam com essa silhueta esguia e, examinando-a melhor, perceberam que se tratava da prisioneira enjaulada.

"Que mulher de sorte", diziam. "Ontem mesmo estava esperando para ser decapitada e agora está viajando conosco."

Ao ver a cabaça que Binu levava na cintura, um menino pediu um pouco de água para beber. Binu sacudiu a cabaça para mostrar que estava vazia. "A minha cabaça não é para carregar água", explicou. "Irá abrigar a minha alma caso eu morra na estrada."

"A espada estava suspensa acima do seu pescoço", disseram, "mas ainda assim você não morreu. Então, graças ao motim, conseguiu escapar da jaula. Mas, em vez de agradecer às pessoas por ter salvado a sua vida, você continua viajando sozinha." Um falso corcunda no meio da multidão perguntou: "Para onde você está indo, afinal?".

"Para a montanha da Grande Andorinha. Estou levando roupas de inverno para o meu marido. Vocês sabem qual a distância daqui até lá?"

"Não falta muito, só mais uns noventa *li*, mas talvez você não chegue lá cambaleando desse jeito. Dê uma olhada no seu reflexo na água da vala. Você não está nada bem. Deveria achar uma aldeia e descansar um pouco. A minha aldeia natal fica a apenas dez *li* daqui."

"Não posso descansar", disse ela. "O tempo agora vai esfriar a qualquer momento e preciso entregar essa túnica de inverno a Qiliang antes da primeira nevasca."

"O seu Qiliang? Quem poderá saber se ele agora é um homem ou um fantasma? Sete em cada dez pessoas que partiram para construir a muralha estão mortas, e as três outras tossindo sangue. Quanto mais o frio aumenta, mais elas tossem. Já quase morreram de tanto tossir!"

"Irmão maior, cuspa no chão três vezes. Rápido. Não deve dizer maldições como essa." Binu fitou-o com os olhos em brasa. "O meu Qiliang está vivo e bem. Ele está acostumado a trabalhar duro, então não vai se cansar nem tossir sangue."

"Ótimo, o seu Qiliang é um homem de aço. Outros tossem sangue, mas ele não." O corcunda cuspiu duas vezes, porém estendeu a mão para agarrar o ombro dela. "Que mulher mais ingrata! Eu estava preocupado com você. Em tempos difíceis como estes, quem se importa com os laços entre marido e mulher? Muitas viúvas da montanha da Grande Andorinha foram embora com outro. Somente uma mulher boba como você iria enfrentar esta areia varrida pelo vento para entregar roupas de inverno."

A conversa despretensiosa do homem não conseguiu disfarçar suas intenções libidinosas. Binu afastou a mão dele e chegou um pouco mais para o lado, onde ficou esperando até ele ir embora, cabisbaixo. Um velho se virou para ela e deu-lhe um sorriso de aprovação. "Que bom que não foi com ele. Ele trabalha enganando e vendendo mulheres; ia vendê-la para ser mulher de um louco."

Sem palavras, Binu passou algum tempo seguindo o velho. "Velho Tio", disse ela, "sabe se ainda estão construindo a Grande Muralha agora que o rei morreu?"

"Por que não estariam? O velho rei pode ter morrido, mas há um novo rei sentado no trono. Todos os reis querem construir muralhas."

"Velho Tio, tenho outra pergunta. Por que tantas pessoas estão falando em tossir sangue? Não acredito nisso. Se todos tossissem sangue e estivessem com a saúde arruinada, quem iria construir a Grande Muralha?"

"Os que tossem sangue, é claro. Quando eu era jovem, ajudei a construir o passo do Caldeirão do Dragão, e tossi bastante sangue na montanha. Você nunca esteve lá, não é? Se houvesse estado, saberia do que estou falando. Quando o sol ilumina os penhascos, as pedras ficam vermelhas, vermelhas como sangue, e é por isso que chamamos esse lugar de passo do Caldeirão de Sangue." Ele continuou falando até que reparou no rosto pálido de Binu e parou para tentar reconfortá-la. "Tossir sangue não é tão ruim assim; os pobres têm muito sangue. Eu mesmo não vivi para descer da montanha do Caldeirão do Dragão? Existe um truque para trabalhar duro: quem o conhece esconde a própria força de tal maneira que o supervisor não descobre, mas quem não o conhece não é capaz de poupar as próprias energias. Todos os que tossiram sangue e morreram não sabiam conservar as próprias energias. O seu marido é honesto?"

"É, é sim. O meu marido Qiliang é o mais honesto de todos os homens honestos do sopé da montanha do Norte." Binu foi tomada por um sentimento que era quase o desespero, e caiu de joelhos, dando ao velho a oportunidade de acelerar o passo como se houvesse se livrado de um fardo. Enquanto se afastava, ele ia murmurando consigo mesmo: "Quem mandou se casar com um homem honesto? As coisas não terminam bem para quem é honesto".

O velho pode ter tido as pernas fracas, mas caminhava mais depressa do que Binu; rapidamente desapareceu em meio ao vento cheio de areia, fazendo-a mergulhar em um pesadelo desesperado. Em pé ali na estrada, ela se deu conta de que não conseguia se mexer. Outro grupo de pessoas emergiu da areia que enchia o ar, e só havia mulheres, com lenços verdes ou cor-de-rosa a lhes cobrir o rosto. Caminhavam em fila indiana, com as mais novas na frente e as mais velhas fechando a retaguarda. O mais intrigante era que cada uma delas trazia nos braços uma pedra grande. Ao verem Binu em pé parada no meio da estrada, disseram: "Não fique aí parada. Com um vento assim tão forte, precisa se mexer se quiser chegar a algum lugar. Se não, saia da frente".

Binu deu um passo para o lado, derrubando a pedra dos braços de uma das mulheres. A ponto de gritar com ela, a mulher reconheceu seu rosto apesar da areia que rodopiava pelo ar.

"Você não é a mulher da jaula? Todos dizem que está levando roupas de inverno para a montanha da Grande Andorinha. Por que está aqui parada? O seu marido foi atingido por uma avalanche?"

Binu pôs-se a soluçar. "Não", respondeu. "Meu marido Qiliang não sabe conservar as próprias energias quando trabalha, então deve estar cuspindo sangue."

"Quem está cuspindo sangue é ele", retrucou a mulher, "não você. Então por que ficar aqui parada feito uma idiota?"

"Todos os meus órgãos internos doem quando ele tosse sangue, e não consigo dar nem mais um passo."

"É só um pouquinho de sangue", disse a mulher, sem lhe dar muita importância. "Quando um homem está lá na montanha da Grande Andorinha, não pode se preocupar com sangue. O mais importante de tudo é continuar vivo. Todos os homens de nossa aldeia do Rio também estão lá. Vê quantas de nós estão indo para a montanha da Grande Andorinha?"

Os olhos de Binu se acenderam, porém logo tornaram a escurecer. "Que maravilha para a sua aldeia. Mas eu sou a única mulher da aldeia do Pêssego disposta a fazer a viagem." Ela estendeu a mão para dar um puxão na faixa da túnica da mulher. "Irmã maior, por favor me diga como posso fazer para manter o meu marido vivo."

"Vá buscar uma pedra", disse a mulher. "Não pode ir até lá com as mãos abanando. As pessoas pelo caminho sabem como você está se sentindo, mas a Divindade da Montanha não sabe. Pegue uma pedra e percorra os sessenta e seis *li* para entregá-la à Divindade da Montanha na montanha da Grande Andorinha. Ela verá você e protegerá o seu marido, que não precisará se preocupar com mais nada, mesmo que a montanha desabe e a Terra se parta ao meio. Nenhuma pedra atingirá a cabeça do seu marido."

Da aldeia do Pêssego até a aldeia do Rio, era a primeira vez que Binu encontrava viajantes a caminho da montanha da Grande Andorinha. Mas as mulheres não quiseram que ela se juntasse ao seu grupo, ou porque não queriam a companhia de uma mulher que já houvesse sido presa, ou então por medo de que ela fosse se tornar um fardo. Quando Binu finalmente encontrou uma pedra e voltou à estrada, as mulheres da aldeia do Rio já haviam sumido em meio ao vento cheio de areia. Carregando a pedra no colo, Binu correu atrás delas, mas por pouco tempo. Sabia que elas não poderiam ter ido muito longe, porém não conseguia ver seus lenços cor-de-rosa e verdes. O vento havia enxotado os últimos poucos viajantes que rumavam para o Norte, deixando-a para trás na estrada cheia de areia. A luz fraca do sol brilhava por entre os grãos de areia e desenhava sua sombra no chão, uma sombra esguia, como água incapaz de correr para onde quer que seja. Parecia a sombra da última pessoa na Terra.

Com a pedra no colo, Binu pôs-se mais uma vez a caminho do Norte sozinha. A pedra ia ficando cada vez mais pesada, como se ela estivesse carregando uma montanha inteira. Pedras de vários tamanhos coalhavam a beira da estrada, e ela pensou que deveria pegar uma menor, mais leve, até se lembrar das palavras da mulher da aldeia do Rio dizendo que a Divindade na montanha da Grande Andorinha podia ver a pedra em seu colo. O vento parecia um cavalo a galope liberto das rédeas que agora, capturado e seguro pelo sol, houvesse cessado seus uivos de areia. Uma luz do sol pálida e dourada voltou, revelando o contorno selvagem e vasto da planície. Ao longe, a sombra acinzentada de uma montanha ocultava metade do céu. Ao vê-la, Binu parou e olhou feliz para a montanha da Grande Andorinha. A Divindade da Montanha devia estar escondida em alguma fenda, observando-a. Ela ainda não havia chegado à montanha da Grande Andorinha, e perguntou-se por que a pedra em seu colo não conseguiu mais se conter. Aquecida pelos braços de Binu, ela desabou a seus pés tal qual uma avalanche.

Binu não sentiu dor. Tocou o pé direito com o dedo, mas não sentiu nada, então pegou um graveto e tornou a cutucar o pé. Não sentiu nada. Entendeu, assim, que seu pé direito a havia traído. O esquerdo, poupado pela pedra, também não queria obedecê-la. Por mais que tentasse e que batesse no pé esquerdo com o graveto, foi incapaz de despertar nele o desejo de andar. Estava decidida a avançar, porém seus pés, teimosos, permaneciam no lugar. Então desistiu dos pés, mas não da pedra. Após se sentar para pensar um pouco, prendeu a pedra às costas com a faixa da roupa, depois caiu de quatro no chão e preparou-se para engatinhar.

O sol reapareceu no céu e iluminou a mulher que engatinhava com sua luz difusa. Ao partir pela estrada agora deserta, ela viu as mãos tremerem no chão arenoso, provavelmente por estarem nervosas e inseguras quanto à importante tarefa que lhes fora confiada de repente. Binu compartilhava da angústia delas; suas mãos eram mais ágeis do que seus pés, mas não estavam acostumadas a andar. Ela não sabia o que fazer para transformar as mãos em pés; gado, gatos e cachorros andavam de quatro, no entanto ela não conseguia. Era mais lenta do que uma cobra, mais lenta do que um lagarto.

Seus pensamentos clareavam à medida que ela seguia

engatinhando, com a pedra amarrada às costas. Com medo de que os pedregulhos do caminho puíssem a túnica de inverno de Qiliang, ela a enrolou e guardou-a debaixo da pedra que trazia nas costas. Então recomeçou a engatinhar, tomando a direção do contorno distante da montanha. Fumaça de cozinha emanava de uma aldeia próxima; algumas pessoas surgiam aqui e ali nos campos desertos, mas ninguém vinha até a estrada. Ninguém exceto um sapo que surgiu pulando não se sabe de onde. Ela o viu aterrissar milagrosamente no meio da estrada, onde foi saltitando na sua frente, parando de vez em quando para esperá-la. Binu não saberia dizer se aquele era o mesmo sapo cego que saíra da aldeia do Pêssego junto com ela, mas de toda forma o sapo não deveria estar ali na estrada. Lembrou-se de que o seu sapo desistira de encontrar o filho e pulara para dentro da cova que ela abrira. Como não podia ver os olhos daquele sapo ali, não havia como saber se era o sapo cego da região de Nuvem Azul ou algum sapo desconhecido da região de Pingyang; no entanto, tinha certeza de que ele estava ali para lhe indicar o caminho.

Enquanto seguia engatinhando, Binu ouviu o sapo apontar-lhe o caminho.

"Vá por ali, pois aqui há uma poça. Venha por aqui, há uma pilha de esterco. Depressa."

Obedecendo às ordens do sapo, Binu continuou a engatinhar enquanto o contorno da montanha da Grande Andorinha tremeluzia à sua frente, mas o sapo continuou pulando, indicando o caminho, e suas pegadas verde-escuras se destacavam na estrada como uma chama verde.

# Loja de Treze *Li*

As mulheres da Loja de Treze *Li* estavam no campo recolhendo grãos quando, para seu espanto, viram aquela figura chegar engatinhando. Não conseguiram entender por que a mulher engatinhava, e ainda por cima com uma pedra nas costas. Correram para o meio da estrada e, reunindo-se à sua volta, puseram-se a lhe fazer muitas perguntas, todas ao mesmo tempo. Incapaz de falar, Binu só fez apontar para o contorno da montanha da Grande Andorinha.

"Sabemos que é para lá que você vai e que o seu marido deve estar construindo a muralha", disseram as mulheres. "O que queremos saber é: por que está andando de gatinhas? Se não consegue andar, pare para tomar fôlego antes de prosseguir. Quando acha que vai chegar lá engatinhando desse jeito? E ainda por cima com uma pedra nas costas. Você nos deu um susto enorme; pensamos que fosse uma tartaruga gigante."

Ainda de quatro no chão, com um dos lados do rosto

da cor da lama, Binu estendeu a mão para tocar os pés de uma das mulheres.

Dando um pulinho para o lado de modo a se esquivar daquela mão, a mulher retirou com agilidade a pedra das costas de Binu e jogou-a fora. "Você não deveria carregar uma pedra só porque outras pessoas fazem isso. De que adianta carregar uma pedra e oferecê-la à montanha da Grande Andorinha? A Divindade da Montanha não vê pedras nas mãos dos pobres. Como todo mundo, ela só vê os ricos e poderosos."

Binu não conseguia falar e tampouco tinha forças para impedir a mulher de jogar fora a sua pedra. Então recuou, tentando chegar até onde a pedra havia aterrissado. A mulher, no entanto, ainda zangada, estava prestes a chutar a pedra para fora da estrada quando as outras a seguraram.

"Você pode até estar com raiva da pedra, mas não dificulte as coisas para ela. Se ela quiser dar a pedra de presente à Divindade da Montanha, deixe. É possível parar um cavalo bravo, mas não uma mulher decidida a fazer alguma coisa, pois uma mulher assim se dispõe a sofrer pelos outros."

As mulheres levaram Binu e a pedra até um monte de feno, onde lhe deram um pouco de água e lavaram seu rosto. Alisaram seus cabelos e pentearam-nos para formar um coque como o que elas próprias usavam. Sem a lama, o rosto jovem e bonito de Binu apareceu, deixando as mulheres com inveja. Ela se virou para olhar para o contorno da montanha da Grande Andorinha, e seus olhos baços se acenderam no mesmo instante. As mulheres repararam em como suas mãos estavam ensanguentadas, já que haviam deixado um rastro de gotas vermelhas no monte de feno.

"Nunca vimos uma mulher tão dedicada quanto você", disse uma delas. "Os homens da Loja de Treze *Li* partiram todos para a montanha da Grande Andorinha, mas ninguém foi à procura deles, embora para nós não seja muito longe. Mesmo que seu marido fosse uma divindade nascida no mundo dos homens, não há necessidade de engatinhar! Por que não ficar aqui, junto ao monte de feno, esperando uma carona em alguma carroça puxada por um jumento?"

Binu tornou a engatinhar direto para a estrada. As mulheres nunca tinham visto pessoa tão teimosa, que preferia engatinhar a esperar. Uma mulher saiu correndo atrás dela com um par de sandálias de palha para Binu calçar as mãos, mas depois de alguns passos se deteve, lembrando-se dos boatos sobre fantasmas de mulheres que assombravam a estrada. Os aldeões afirmavam ter visto fantasmas, tarde da noite, carregando trouxas sobre a cabeça enquanto caminhavam para o Norte sob o luar. Ao ouvir o barulho de pessoas, eles desapareciam.

Levando as mãos ao peito, a mulher exclamou: "Ela deve ser um dos fantasmas. Eles agora viajam em plena luz do dia!".

Ela dera voz a uma desconfiança compartilhada pelas demais, e suas palavras provocaram reações acaloradas e temerosas. "Sempre me perguntei como uma pessoa viva poderia não sentir dor, então ela com certeza é um fantasma", disse uma mulher bem alto. "Nenhum ser humano seria capaz de tolerar esse tipo de sofrimento. Alguém já viu uma mulher carregando uma pedra nas costas para procurar o marido? Somente um fantasma poderia ser assim tão determinado." Lembraram-se do olhar calmo e pacífico de Binu, bem como de seu corpo frio.

"O que importa ela ser fantasma ou humana?", indagou outra. "Como fantasma, seu destino é trágico e como humana é mais trágico ainda."

A conversa das mulheres terminou abruptamente com gritos espantados quando uma imagem ainda mais estranha na estrada atraiu-lhes a atenção. A areia recuava à medida que a mulher engatinhava deixando em seu rastro pequenas poças d'água, todas interligadas; um curso de água cintilante parecendo uma flecha prateada apontando para o Norte. Com o riacho a mostrar o caminho, uma longa fileira de sapos verde-acinzentados materializou-se do nada, formando um impressionante exército enquanto saltavam em direção à montanha da Grande Andorinha. Como eram do Norte, aquelas mulheres nunca tinham visto tantos sapos. Os animais vinham das regiões pantanosas das três regiões do Sul; e, seguindo o aroma da água, iam pulando pela trilha deixada pela mulher que engatinhava rumo à montanha da Grande Andorinha. Antes de os sapos passarem, um enxame de borboletas brancas passou voando por cima da estrada em direção ao Norte. Havia muitas borboletas brancas na região de Pingyang, mas as mulheres nunca tinham visto uma nuvem tão densa. As borboletas voavam baixo, trazendo nas asas vestígios dos raios mornos do sol do Sul, parecendo uma fita colorida debruada de branco a caminho da montanha da Grande Andorinha.

Maravilhadas, as mulheres não paravam de gritar. Olhando para longe, encararam fixamente a montanha, que imaginaram ser o destino dos sapos e das borboletas. Por trás da visão milagrosa, havia uma calamidade oculta, e de repente todas puderam ver o esplêndido halo de calamidade que se aproximava da montanha. Uma das mulheres saiu correndo em direção à aldeia gritando: "Preparem as carroças; vamos pegar nossos homens de volta. O Sul, inclusive os sapos e as borboletas, se revoltou com a morte do rei. Quem pode saber o que acontecerá na montanha da Grande Andorinha?".

# Montanha da Grande Andorinha

As aves que passavam voando não reconheciam a Grande Muralha. Um bando de pássaros que migravam para o Sul perdeu o rumo acima da montanha da Grande Andorinha e chorou de tristeza a noite inteira. Um pássaro cinza bem pequenininho desabou dentro da tenda do general Jianyang, comandante da construção da muralha, no Terraço dos Sete Pátios. Era um mensageiro, avisando que uma tempestade de saudades de casa logo iria se abater sobre a montanha da Grande Andorinha.

Todas as noites, o general Jianyang ia se deitar usando o capacete dourado de Nove Dragões, presente do rei. Pela manhã, o capacete se enchia com chamados dos trabalhadores para construir a muralha, acordando o general na hora certa. Mas naquela manhã não foi assim, pois o que ecoou dentro do capacete, em vez disso, foi o barulho do vento, das ovelhas e dos bois, bem como uma melodia vinda da grama que ele não escutava havia muito tempo. Parecia alguém chorando e gemendo. Ao acordar, o general

Jianyang deu-se conta de que estivera chorando enquanto dormia, e então viu o passarinho morto ao lado de seu travesseiro.

O general Jianyang ordenou a seu atônito camareiro que fosse encher uma bacia com água fria na nascente da montanha para salvar o passarinho. Cumprindo a ordem, o guarda partiu em busca da água, mas foi andando devagar, perguntando-se por que o general, homem de coração frio, iria se importar com um passarinho. Percebendo a confusão do guarda, o general perguntou-lhe se recordava que ele, o general, viera das estepes do Norte, se recordava que um dia dissera que um convidado ilustre montado a cavalo lhe daria de presente uma estola comemorativa quando terminasse a construção da Grande Muralha.

"Mas, general", gaguejou o guarda, "a muralha ainda não está terminada, e ninguém chegou aqui montado."

O general fitou-o com um olhar zangado. "Shangguan Qing, quantas vezes eu já lhe disse? Será que você não se lembra de nada? O pássaro será o mensageiro das boas-novas quando alguém chegar da estepe. Esse passarinho de bico cinza trouxe o cheiro da estepe e o cheiro da iurta da minha família. Se não acredita em mim, venha sentir o cheiro da gordura nas penas do pássaro."

No Terraço dos Sete Pátios, o general Jianyang depositou pessoalmente o passarinho morto em uma bacia de cobre, que o guarda estava prestes a pôr em cima da mureta. O general o deteve e ordenou-lhe que segurasse a bacia bem alto, para o sol da manhã poder bater na água de nascente. "Se o passarinho veio da estepe", disse o general, "vai reviver quando o sol aquecer a água fria." Ficou ali no terraço, admirando a montanha tremeluzente do outro lado da mureta, com uma expressão rara de fragilidade no rosto que já envelhecia. Disse: "A Grande Muralha logo deve ficar pronta; esse pássaro irá reviver no dia em que ela for completada e me levará de volta para a estepe. Preciso regressar à minha casa a fim de ver meus pais, minha mulher e meus quatro filhos".

O guarda segurou a bacia contra o vento, desejando poder dizer ao general que, mesmo que o pássaro voltasse à vida, uma centena de *li* de deserto ainda separava a muralha da Grande Andorinha da muralha do passo do Crescente; as duas partes não iriam se juntar em um futuro previsível. A ideia do general de voltar para casa era como tentar agarrar a lua refletida na água. O guarda queria dizer: "Meu general vai morrer de velhice aqui na montanha da Grande Andorinha", mas não se atrevia a pronunciar essas palavras. Ultimamente, a saudade de casa que o general sentia o vinha tornando temperamental e imprevisível. Ele vivia sonhando acordado que terminava a construção do dia para a noite, de modo a poder montar no cavalo e voltar para casa. Ao abrir os olhos todos os dias de manhã, as primeiras palavras que pronunciava eram: "O trabalho vai terminar hoje?". No início, o guarda tentava explicar que a construção da muralha ainda iria levar mais do que um dia de trabalho, mas seus esforços só fizeram provocar a ira do general e lhe valeram muitos tapas na cara. Ele acabou aprendendo a lição, e, sempre que o general fazia a pergunta, respondia: "Logo, vai terminar logo".

Esfregando o capacete dos Nove Dragões, o general Jianyang olhou para o canteiro de obras abaixo do terraço e perguntou ao guarda: "O trabalho vai terminar hoje?".

Esquivando-se do olhar ardente de seu superior, o guarda olhou para o passarinho dentro da água e respondeu: "Logo. Se não hoje, amanhã. A muralha logo estará terminada, general".

Enquanto o pássaro esperava o renascimento dentro da água, uma manhã de acidental melancolia despontou. O sol nasceu, e junto com ele, como o general Jianyang descobriu, despontou também a amarga tristeza da montanha da Grande Andorinha. Os chamados para o trabalho, antes altos e claros, silenciaram nessa manhã. Os cestos dos carregadores gemiam desolados nas trilhas de montanha, as pás dos alveneiros e os cinzéis dos pedreiros soavam desanimados, causando uma ansiedade considerável no general Jianyang, pois ele não conseguia sentir a animação de um fim iminente. Ao sair para o terraço de observação, viu a equipe de construção ocupando toda a montanha. O fogo das olarias ardia intensamente; trabalhadores que carregavam terra e pedras espalhavam-se pelo cume da montanha; pedreiros manejavam seus martelos e estacas contra rochas distantes. Pela primeira vez, o general detectou cansaço e tristeza em seus corpos. Tirando o capacete dourado da cabeça, escutou com atenção, e pensou ter ouvido soluços indistintos trazidos pelo vento. Virou-se para olhar para as olarias, onde os soluços flutuavam acima do fogo. Virou-se para a pedreira, e os soluços agora ecoavam nas rochas. Foi ficando cada vez mais aflito.

"Por que não escutei a corneta hoje?", perguntou ele a Shangguan Qing. "Em vez disso, tudo que ouvi foram lamentos incessantes."

"General, o vento hoje está tão forte que dissipou o som da corneta", respondeu o guarda. "Os soluços que o senhor está ouvindo provavelmente são o vento. Os trabalhadores da montanha da Grande Andorinha não se atreveriam a chorar, então deve ser o vento."

Puxando Shangguan Qing mais para o lado do muro da cidade, o general insistiu que alguém estava soluçando no vento. Shangguan disse que tudo que estava escutando era o vento, não soluços. Então o general ordenou-lhe que fosse se postar no alto do muro e escutasse com atenção. Sem ousar desobedecer, o guarda subiu no muro com a ajuda de alguns outros, mas novamente sacudiu a cabeça e disse: "General, são as rajadas de vento. O senhor confundiu o barulho da areia voando com alguém chorando".

O general o fez descer do muro com golpes de seu capacete. "Como se atreve a me contradizer com essas suas orelhas de porco?" Irado, prosseguiu: "Até o rei se lembra de que eu, general Jianyang, vim da estepe. Posso ouvir pegadas de lobos a dez *li* de distância, e de cavalos a cinquenta *li*. Posso ouvir uma tempestade a cem *li*. Mas vocês, todos vocês, idiotas imprestáveis, se esquecem de que posso ouvir até meu inimigo quando ele retesa o arco do lado de fora da minha tenda. Então, quando eu digo que alguém está soluçando na montanha da Grande Andorinha, alguém de fato deve estar soluçando. Mas quem será? Quero que o encontre".

Shangguan Qing não esperava receber tarefa tão difícil. Acostumado a capturar e prender pessoas, naquela manhã desafortunada recebeu a ordem de perseguir um som imaginário. Apesar das próprias dúvidas, e em meio ao mar de pessoas que cobria a montanha da Grande Andorinha, Shangguan Qing executou a ordem liderando um grupo de guardas para tentar localizar o som.

"Quem aqui chorou?"

"Quem chorou? Quem de vocês chorou? Quem tiver chorado dê um passo à frente."

A maioria dos trabalhadores ficou olhando para Shangguan Qing sem expressão nenhuma no rosto, respondendo apenas com o olhar. "Quem chorou? Dê uma olhada nos nossos rostos, e verá suor, mas não lágrimas. Somente alguém que perdeu a cabeça iria chorar; a penalidade para quem chora é levar quarenta e sete chibatadas e carregar quarenta e sete lotes extras de pedras. Para chorar seria preciso ter um desejo de morte. Além do mais, por que iríamos chorar? Nascemos pobres, e nosso destino é carregar pedras para construir uma muralha. Quando nossos ossos estão tão cansados que parecem a ponto de se desconjuntar, uma boa noite de sono os recupera, e voltamos ao trabalho. Que motivo há para chorar?"

Homens que aguardavam a morte no hospital reagiram à busca com a mesma calma e desenvoltura. Responderam às perguntas de Shangguan Qing com acessos violentos de tosse e vestígios de sangue no canto da boca. "Tenho catarro, sangue e febre, mas nenhuma lágrima. De que adianta verter lágrimas? Só existem poucas formas de morrer aqui na montanha da Grande Andorinha: os fugitivos são capturados e enforcados em público; os frágeis, derrotados pelas pedras e tijolos, tossem sangue e morrem; os desafortunados são infectados pela peste e morrem de febre alta; e os teimosos e pessimistas se jogam de algum penhasco. Pronto; é assim que as pessoas morrem por aqui. Quando não se tem medo de morrer, não há nada a recear, e, quando não se sabe ter medo, de onde viriam as lágrimas?"

Diante do interrogatório de Shangguan Qing, alguns trabalhadores reconheciam que estavam com um ar triste, mas negavam veementemente haver chorado. Um jovem carregador da distante região de Canglan disse que sentia vontade de chorar, mas que inventara formas de impedir as lágrimas de correr. Pôs a língua para fora a fim de mostrá-la a Shangguan Qing e revelou que mordia a língua toda vez que sentia vontade de chorar. Quando a língua começava a sangrar, a dor detinha as lágrimas. Shangguan Qing examinou a língua do carregador e descobriu que ela de fato estava muito ferida, coberta de marcas de mordidas. Os guardas estavam começando a ficar desanimados por não conseguirem encontrar a origem dos soluços, e alguns passaram a cochichar sobre o estado mental do general Jianyang, o que deixou Shangguan Qing irritado.

"Subalternos não têm permissão para criticar seus superiores", falou. "Se o general disse que ouviu alguém chorando, então alguém deve estar chorando. Com o capacete dos Nove Dragões na cabeça, o general é mais esperto do que nós. Se nos mandar localizar o vento, devemos fazê-lo. Isso vale em dobro no que diz respeito ao choro."

Quando chegaram à pedreira, um supervisor informou-lhes que uma mulher à procura do marido havia chorado ali naquela manhã. Ao vê-la engatinhando com uma pedra nas costas, o condutor de um carro de boi que transportava pedras da pedreira lhe dera uma carona, por pena.

Incomodado com a gagueira do supervisor, Shangguan disse, zangado: "Você não é nenhuma criança, por que não consegue nos fazer um relato decente? O que aconteceu com a mulher depois de ela subir na carroça?".

"Não sei dizer. Os responsáveis por isso são os trabalhadores da pedreira", disse o supervisor, certificando-se de que não poderia levar a culpa antes de prosseguir. "Era uma mulher estranha. Subiu na carroça com a pedra nas costas, e um sapo subiu atrás dela, assustando o condutor, que disse que poderia levar a pedra, mas não o sapo. A mulher implorou pelo sapo, dizendo que ela própria estava procurando o marido, enquanto o sapo procurava o filho. O sapo estava ali à procura do filho!"

"Um sapo à procura do filho?", gritou Shangguan Qing. "Deixem-me entender isso direito. Para onde foi o sapo? E quem é seu filho?"

"Era um sapo bem pequenininho, e não sei para onde foi. Meus olhos estavam atentos aos pedreiros, não ao sapo. Como é que eu poderia saber quem é o filho do sapo?" Ao ver a expressão de fúria no rosto de Shangguan, o supervisor arrematou depressa: "A mulher veio aqui visitar Wan Qiliang. É a esposa dele. Por isso está engatinhando com aquela pedra nas costas e chorando."

"O filho do sapo deve ser você. Se não, como poderia ser tão idiota?", observou Shangguan. Desviou os olhos na direção dos barracões de palha e pedras próximos. "Onde está a mulher? E de onde ela veio?"

"Da região de Nuvem Azul; é mulher de Wan Qiliang. Disse que caminhou mil *li*, durante todo o outono, para chegar à montanha da Grande Andorinha."

"Então onde está Wan Qiliang? Vá chamá-lo."

"Não podemos chamá-lo. Ele morreu", disse o supervisor. "Morreu no verão, na avalanche da colina do Coração Partido. Dezesseis pessoas da região de Nuvem Azul morreram, e Wan Qiliang era uma delas; foi enterrado vivo."

O supervisor tirou uma tira de bambu de uma bolsa que trazia nas costas e mostrou a inscrição a Shangguan Qing: "Região de Nuvem Azul, Wan Qiliang, Pedreira, dois pratos secos e dois pratos líquidos". O nome estava riscado de vermelho, o que fez o guarda franzir o cenho.

"Se ele morreu, o que ela está fazendo aqui? Leve-a até o cemitério dos indigentes e desencave um osso para ela. Depois mande-a embora com sete moedas."

Guardando a tira de bambu, o supervisor disse, hesitante: "Nós seguimos as regras e a mandamos embora com uma conta para receber as moedas. Mas ela não queria a conta, e sim o marido. Onde eu poderia encontrá-lo para ela? Nem sequer conseguimos encontrar seus ossos. Os ossos de Wan Qiliang não estão enterrados no cemitério dos indigentes. Ele morreu na colina do Coração Partido e, a menos que botemos a muralha abaixo, não conseguiremos desencavar um osso para ela. Ela estava chorando na pedreira, mas eu não podia deixá-la fazer isso. Se o general a ouvisse, eu estaria em grandes apuros. Então disse-lhe que fosse chorar em algum outro lugar".

"Estou vendo: mais uma vez só pensou em você! Algum outro lugar continua fazendo parte da montanha da Grande Andorinha, e ninguém tem permissão para chorar aqui", gritou o irado Shangguan Qing.

Enquanto liderava os guardas na busca pela mulher de Nuvem Azul, ele detectou um tom desanimado no ruído dos pedreiros que talhavam as pedras. Percebeu que o que saía voando de suas estacas não eram lascas de rocha, e sim lágrimas cintilantes, algumas das quais foram molhar o rosto de Shangguan; estavam fervendo. Ele se aproximou para examinar primeiro as ferramentas dos pedreiros, depois seus olhos e rostos.

Apontando para as pedras molhadas, um dos pedreiros disse: "Olhe as pedras. Elas acumularam tanta água durante a noite que não conseguimos secá-las".

As pedras pareciam de fato ter sido resgatadas de dentro d'água, e reluziam de umidade. Olhando para uma delas, Shangguan disse: "Na noite passada não houve chuva nem nevoeiro, então de onde veio essa água?".

"Não sabemos", disse um dos pedreiros, "mas as pedras

começaram a chorar depois que a mulher de Wan Qiliang chegou. Não somos nós que estamos chorando, são as pedras."

Depois de levar todas aquelas estranhas lágrimas para a pedreira, a mulher de Nuvem Azul desaparecera. Ninguém viu para onde ela fora, como Shangguan Qing descobriu depois de interrogar os pedreiros. Desconfiava que estivessem escondendo a verdade, mas eles sacudiram a cabeça, convictos, e disseram: "Estávamos cortando pedras, e não fazemos a menor ideia de para onde ela foi".

Uns poucos, mais corajosos do que outros, tiveram a audácia de se mostrar provocantes. "Um sapo estava indicando o caminho à mulher e, já que nós não somos sapos, como poderíamos saber para onde ela foi?"

No final das contas, foi um trabalhador honesto e mais velho quem esclareceu a confusão dos guardas. Apontando para as pedras do chão, disse: "Se quiserem encontrá-la, sigam as pedras d'água. O caminho por onde ela engatinhou está todo molhado".

# A Grande Muralha

Uma silhueta de colinas sobrepostas destacava-se no céu do Norte; entre o firmamento e as colinas estendia-se a comprida e sinuosa muralha da montanha da Grande Andorinha. Sob o sol de inverno, ela irradiava uma luz branca incisiva que dava ao céu um aspecto cansado, tristonho. A Grande Muralha era na realidade uma cerca longa e interminável, que escalava montanhas e galgava colinas, esticando-se até bem longe pelo contorno da serra. Mais parecia um dragão branco encolhido, porém na verdade era uma cerca que percorria montanhas, muitas montanhas, exibindo no alto de suas estacas uma fileira de gorros e faixas rígidos, e uma dessas seções encimadas por gorros e faixas era a montanha da Grande Andorinha.

Os trabalhadores da montanha da Grande Andorinha viram a mulher de Wan Qiliang, qual uma pequenina joia negra, agora incrustada no topo da colina do Coração Partido.

Ninando uma pedra nos braços, ela se ajoelhou na colina e chorou. Ninguém conseguia entender como uma mulher enfraquecida, carregando uma pedra nos braços, fora capaz de subir aquelas colinas íngremes e aquelas trilhas estreitas e difíceis. Alguém disse que um sapo mágico a conduzira até ali, mas nem todo mundo acreditou.

Ao ver os abutres sobrevoando a mulher, uma outra pessoa falou: "A colina do Coração Partido é tão íngreme e tão alta que nem mesmo um sapo consegue subir. Deve ter sido um abutre que a levou até lá".

Nuvens flutuavam no céu acima da colina. Homens que construíam a muralha no meio da encosta viam de vez em quando a forma pequenina de Binu quando as nuvens desapareciam. Escutavam os uivos do vento, mas não os gritos da mulher, embora cada rajada vinda da colina do Coração Partido parecesse um soluço e, assim como o vento do sul, deixasse os trabalhadores cobertos por uma película úmida e pegajosa. Os carregadores que transportavam pedras para os pontos mais elevados reuniam-se na colina como as nuvens, mas logo se dispersavam. Quando, na metade da encosta, ouviu-se dizer que uma mulher de Nuvem Azul chegara arrastando consigo uma estranha trilha de água, os carregadores de sua região natal a localizaram com facilidade seguindo as marcas de água. Porém, ao ver seu rosto banhado em lágrimas, balançaram a cabeça, decepcionados, e foram embora.

"Não é minha mulher", cada um deles disse. "Minha mulher não teria suportado tanta dificuldade."

Algumas pessoas, depois de saber no sopé das colinas que a mulher de Wan Qiliang estava ali, seguiram sua trilha de água ainda carregando pedras dentro dos cestos, como se corressem atrás das próprias mulheres. Pararam no sopé da colina do Coração Partido.

"Como é digna de pena a mulher de Wan Qiliang. Ela percorreu mil *li* para entregar roupas de inverno, mas agora não há ninguém para vesti-las. Wan Qiliang não deixou nada nesta Terra, nem mesmo um osso. Olhem só aquela túnica de inverno que ela traz enrolada nas costas. Agora não há ninguém para usá-la."

Todos os carregadores passavam por ela como nuvens flutuantes, exceto um, chamado Xiaoman, que fora incumbido de uma tarefa incomum. Levando pendurado em uma vara um par de cestas vazias, ele seguiu a trilha até o alto da colina do Coração Partido e parou ao ver Binu. Depois de encher uma das cestas com pedras, chutou a outra na direção de Binu.

"Você deve ser a mulher de Wan Qiliang. Entre na cesta. Shangguan Qing não consegue subir até aqui, então me disse para pôr pedras em uma das cestas e você na outra, e levá-la até o sopé da montanha."

Binu olhou para a cesta, depois retirou lentamente a túnica debruada de verde das costas e colocou-a lá dentro.

"A túnica não!", disse Xiaoman. "Ele quer *você* dentro da cesta."

Tornando a pegar a pedra, Binu disse a Xiaoman: "Castigo. Isso é castigo. Os céus não permitiriam que Qiliang usasse uma túnica que peguei à força na cidade dos Cinco Grãos".

Xiaoman não fazia ideia do que ela estava falando, portanto pegou a túnica e sacudiu-a. "É uma boa túnica de inverno, quente. Por que jogá-la fora, em vez daquela pedra? De nada lhe serve a pedra, agora que ele morreu. Você não pode mudar as coisas, por mais pedras que ofereça à Divindade da Montanha. Agora se apresse, vista a túnica e suba na minha cesta. Vou levá-la para pegar as contas de Qiliang. Assim você receberá sete moedas."

Binu chutou a túnica para longe e repetiu: "Castigo. Isso é castigo. Como Qiliang iria poder usar uma túnica pega à força?".

"Não fale com os vales lá embaixo. Eu estou falando com você." Zangado, Xiaoman aproximou-se da beirada da colina, onde viu uma bruma azul de montanha espalhando-se pelo vale. "Não sobrou nada a não ser a bruma azul. Desde o acidente na colina do Coração Partido, o vale permanece dia e noite envolto em bruma. Dizem que são os espíritos dos mortos. De que adianta conversar com a bruma? Você não pode mesmo tirar um espírito daqui."

Binu apontou para o vale lá embaixo e abriu a boca como se fosse falar, mas Xiaoman não ouviu nada. Em vez disso, viu o rosto dela sujo de lágrimas e gotas de água cintilantes escorrendo de seus dedos.

"Por que todas essas lágrimas?" Surpreso com o rosto triste de Binu, Xiaoman cobriu instintivamente os olhos e gritou: "Eu sou do Forte do Dragão Duplo, no sopé da montanha do Norte. Somente uma montanha separa as nossas duas aldeias. Sei que as pessoas daquela região são proibidas de verter lágrimas. Quando seu marido morre, você deve chorar com as orelhas, com os lábios ou com os cabelos. Como é que consegue derramar lágrimas pelos olhos? Você não pode chorar com os olhos!".

Mas as lágrimas jorravam dos olhos de Binu como a água de uma nascente banhando montanhas e florestas. Ela parecia ter esquecido o *Manual para filhas*, da aldeia do Pêssego. Chorava copiosamente, apontando para o vale, enquanto dizia alguma coisa para Xiaoman. Mas ele só ouvia gritos muito agudos.

"Um túmulo, você diz? Você quer um túmulo?" Com dificuldade, tentou decifrar o que ela dizia lendo seus lábios. "Onde é que vou encontrar um túmulo aqui no vale? Isto é a Grande Muralha, não a aldeia do Pêssego. Você não pode cavar um túmulo onde quiser. Na encosta oeste há um cemitério de indigentes, e é lá que são enterrados todos os que morrem na montanha da Grande Andorinha. Rápido, entre na cesta e deixe-me levá-la até lá. Você pode cavar um túmulo para Wan Qiliang."

Os lábios rachados de Binu também estavam marejados de lágrimas, e seus gritos se transformavam em lamentos. Sua voz parecia saída de outro mundo. De repente, Xiaoman ouviu algo perfeitamente.

"Ossos", murmurava ela. "Ossos, onde estão os ossos?"

"De que ossos você está falando? Acha que vai conseguir achar os ossos dele? Não vai encontrá-los. Mais de uma dúzia de homens morreram no desabamento da colina do Coração Partido, e estão todos enterrados debaixo dos escombros. Com a muralha construída por cima, eles se tornaram parte de sua estrutura." Começando a perder a paciência, Xiaoman sacou uma pelota de cânhamo e prosseguiu. "Chega de choro. Sabe o que é isto aqui? Shangguan Qing me disse para amordaçar você com isto. Aqui existe uma regra: por mais triste que você esteja, não pode chorar, não na montanha do Norte, nem aqui. O general Jianyang detesta o som de alguém chorando, diz que perturba os trabalhadores e atrasa a construção." Xiaoman virou a cesta e apontou para a abertura. "Entre, ou vou ficar em maus lençóis. Você é mulher de Wan Qiliang, e somos da mesma região. Prefiro não tratá-la como se estivesse carregando pedras, então, por favor, entre aqui por livre e espontânea vontade."

244

Binu empurrou a cesta para o lado e virou-lhe as costas. Xiaoman recolheu a cesta e postou-se na frente da mulher, evidentemente disposto a usar a vara caso fosse preciso. "Somos todos desafortunados", disse, zangado. "Você não é a única mulher a ter perdido o marido e não é a única a querer chorar. Meus três irmãos e eu chegamos aqui juntos, e agora sou o único que sobrou. Pode chorar o quanto quiser, mas sabe quantas pessoas vão sofrer por causa disso? Vou contar até três, depois vou pegá-la, se não entrar na cesta por conta própria."

Apontando a vara para Binu, começou a contar. Quando ele contou um, Binu parou de chorar e quando ele contou dois ela se levantou do chão. Ao contar três, Xiaoman deu-se conta de que ela estava se preparando para pular da colina. Soltando a vara, correu até ela, agarrou-a e tornou a levá-la até a cesta. Binu era leve como uma pluma, mas a água que escorria de seu corpo em abundância molhou o rosto dele. Ele estava esfregando os olhos, que fora forçado a fechar por causa das lágrimas, quando ouviu um estalo vindo de sua cesta. Era o barulho dos galhos de salgueiro de que era feita a cesta cedendo por causa das lágrimas.

"Não chore. Suas lágrimas estão estragando a minha cesta. Sem ela não podemos descer, e você vai ter de pular. Nesse caso, o que eu farei? Terei de pular junto com você." Ele não conseguia manter os olhos enxutos, mas logo descobriu que as lágrimas eram suas. Esforçou-se para manter os olhos abertos enquanto passava a vara pelas alças das cestas; estas se partiram assim que ele tentou erguer a vara. "Eu não lhe disse para não chorar? Está vendo, você estragou as alças da minha cesta. Agora como vou conseguir levá-la até lá embaixo?" Ele ergueu a vara, mas ela caiu no chão. Então Xiaoman viu um rosto conhecido, velho como o de sua mãe e triste como o de sua irmã. A mulher estava sentada dentro da cesta, parecendo sua mãe ou sua irmã, chorando para ele. Um céu carregado de água adensou-se dentro dos olhos dela, e a chuva começou a cair. Xiaoman sentou-se em cima da vara e pôs-se a soluçar.

Do vale embaixo da colina do Coração Partido, as almas dos mortos se ergueram e se espalharam pelo ar como uma névoa. O vale foi coberto por uma luz chorosa e branca; o vento e as nuvens soluçavam no ar; árvores e grama choravam nos morros; lágrimas escorriam de pedras, de tijolos verde-escuros e da terra amarela da muralha. Um gavião passou voando rente à cabeça de Xiaoman, fazendo cair gotas de água fria em sua testa; ele imaginou que fossem lágrimas de gavião. Ouviu as cestas chorando uma para a outra; impossível dizer que cesta chorava mais alto, qual estava mais triste. O sol tremeluzia. Xiaoman estava a ponto de procurar as lágrimas do sol quando ouviu um vento do Norte se erguer e lançar uma rajada de areia amarela pelas encostas das montanhas abaixo e por cima dos cumes. Em meio à areia esvoaçante, viu a mulher de Wan Qiliang engatinhar para fora da cesta e desamarrar a cabaça que trazia presa à cintura. Viu-a fazer os últimos preparativos na cabaça, e viu esta última ser lançada por cima da muralha e sair rolando pela encosta íngreme. Não saberia dizer se a mulher oferecera a cabaça ao vale ou à alma de Qiliang. Pela primeira vez na vida, ouviu uma cabaça se partir e viu uma torrente de lágrimas brilhantes e radiosas jorrar lá de dentro, como relâmpagos. Viu as lágrimas mergulharem no vale; a montanha da Grande Andorinha estremeceu e a Grande Muralha se sacudiu muito de leve. Um terror indescritível tomou conta de Xiaoman, pois ele sentiu que a montanha estava prestes a se partir ao meio.

Gritou para Binu, em pé na beirada da colina: "A montanha está desabando. Não fique aí parada. Volte para a cesta".

Binu ajoelhou-se em meio à areia e ao vento e bateu na muralha. Por fim, conseguiu gritar: "Qiliang, Qiliang, saia daí". Não parava de bater. "Qiliang, Qiliang, saia daí ou então me deixe entrar."

A muralha, o depósito de flechas e a torre de sentinela, todas responderam às batidas da mulher que se lamentava. As pedras e a terra emitiram rufos abafados. O vento agora vinha de todas as direções, fustigando Xiaoman no rosto com uma areia amarela mais afiada do que facas. Aterrorizado, ele pegou uma das cestas e desceu correndo a encosta, mas jogou-a longe ao ver que estava agora cheia de sapos dos lagos e arrozais da região de Nuvem Azul, que coaxavam em uníssono, com voz rouca. Xiaoman gritou para Binu: "Irmã maior, por favor, não chore. Você não pode chorar. Os sapos estão aqui para chorar em seu lugar". Ele pegou a vara do chão e continuou a correr ladeira abaixo. A areia amarela em movimento formava degraus no declive da colina, e pelos degraus vinha subindo um enxame de besouros. Sabia que aqueles eram insetos capazes de chorar. Na primavera, comiam as folhas dos bosques de amoreira da região de Nuvem Azul. Cada bocado de folha causava uma lágrima de remorso. Xiaoman abriu caminho para os besouros e virou-se para gritar: "Irmã maior, não chore. Suas lágrimas vão acabar. Você não pode chorar. Os besouros estão aqui para chorar em seu lugar".

Ele continuou correndo encosta abaixo, cruzando com borboletas brancas com lindos desenhos dourados gravados na ponta das asas. Sabia que eram borboletas de fio de ouro, nativas da montanha do Norte, onde se dizia que representavam os trezentos espíritos que choravam por seus ancestrais injustiçados. Quando ergueu os olhos para ver as borboletas passarem voando por ele, gotas mornas de lágrimas de borboleta caíram-lhe no rosto. Ele enxugou as faces e ergueu a vara para dar as boas-vindas aos espíritos de seus ancestrais. Mas as borboletas não pousaram em sua vara, e ele entendeu que não o reconheciam mais. Os espíritos de seus ancestrais injustiçados haviam se esquecido do descendente que passara tanto tempo longe de casa. Haviam voado mil *li* para chegar à montanha da Grande Andorinha, e chorar com a mulher de Qiliang na colina do Coração Partido.

Xiaoman desceu correndo a colina até chegar a uma torre de sentinela, onde encontrou Shangguan Qing e seus guardas desanimados. Com cordas na mão, eles subiram mais um pouco para olhar na direção da colina do Coração Partido.

"Onde está a mulher que dissemos para você trazer aqui para baixo?", perguntaram a Xiaoman. "Por que ela está chorando na colina do Coração Partido e fazendo a montanha tremer?"

Ignorando as mãos estendidas deles e suas cordas, Xiaoman continuou a correr. Viu um grupo de trabalhadores junto a uma pilha de flechas; haviam deixado o trabalho de lado e estavam entretidos em uma discussão acalorada. Quando o viram, acenaram. "Pare de correr. O trabalho acabou. Até o general Jianyang parou de trabalhar. Ele montou em seu cavalo e partiu de volta para a estepe, seguindo um passarinho."

"Mesmo que queiram, vocês não poderão mais trabalhar", gritou Xiaoman para eles em resposta. "As lágrimas da mulher de Wan Qiliang derrubaram a Grande Muralha."

Ele se virou e apontou para a colina. "Estão ouvindo? Ouçam! É o barulho da montanha desabando. A muralha da colina do Coração Partido ruiu. Wan Qiliang e os outros estão se levantando da terra!"

ESTA OBRA FOI COMPOSTA EM MERIDIEN PELO ESTÚDIO O.L.M. E IMPRESSA
EM OFSETE PELA GRÁFICA BARTIRA SOBRE PAPEL PÓLEN SOFT DA SUZANO PAPEL
E CELULOSE PARA A EDITORA SCHWARCZ EM FEVEREIRO DE 2010